www.ingramcontent.com/pod-product-compliance
Lightning Source LLC
LaVergne TN
LVHW010602070526
838199LV00063BA/5055
* 9 7 8 9 3 5 8 7 2 0 7 0 9 *

دس مشرقی کہانیاں

(بچوں کی کہانیاں)

مصنفہ:

صابرہ حبیب

© Taemeer Publications

Dus Mashriqi kahaniyaan *(Kids Short Stories)*
by: Sabera Habib
Edition: June '2023
Publisher & Printer:
Taemeer Publications, Hyderabad.

ISBN 978-93-5872-070-9

مصنف یاناشر کی پیشگی اجازت کے بغیر اس کتاب کا کوئی بھی حصہ کسی بھی شکل میں بشمول ویب سائٹ پر اَپ لوڈنگ کے لیے استعمال نہ کیا جائے۔ نیز اس کتاب پر کسی بھی قسم کے تنازع کو نمٹانے کا اختیار صرف حیدرآباد (تلنگانہ) کی عدلیہ کو ہو گا۔

© تعمیر پبلی کیشنز

کتاب	:	**دس مشرقی کہانیاں** (بچوں کی کہانیاں)
مصنفہ	:	**صابرہ حبیب**
صنف	:	ادب اطفال
ناشر	:	تعمیر پبلی کیشنز (حیدرآباد، انڈیا)
زیرِ اہتمام	:	تعمیر ویب ڈیولپمنٹ، حیدرآباد
سالِ اشاعت	:	۲۰۲۳ء
تعداد	:	(پرنٹ آن ڈیمانڈ)
طابع	:	تعمیر پبلی کیشنز، حیدرآباد - ۲۴
صفحات	:	۸۴
سرورق ڈیزائن	:	تعمیر ویب ڈیزائن

فہرست

(۱)	ایک تھا بھائی ایک تھی بہن	7
(۲)	کسان کا بیٹا ایوان اور خطرناک عفریت	13
(۳)	شہزادہ ایوان اور بھورا بھیڑیا	28
(۴)	عقل مند کسان	40
(۵)	لالچ کا پھل	44
(۶)	جادو کا گھوڑا	50
(۷)	چت کبری گائے	60
(۸)	سونے کی کلغی والا مرغ	66
(۹)	بارہ مہینے	70
(۱۰)	واہ واہ خرگوش	76

پیش لفظ

دنیا کے ادب میں بچوں کی کہانیوں کا اپنا الگ مقام ہے۔ لوک کتھائیں تو نسل در نسل چلی ہی آ رہی ہیں مگر ان کے ساتھ عالمگیر شہرت رکھنے والے شاعر اور ادیب پشکن سے لے کر آج تک بہت سے ادیبوں نے بچوں کے لیے کہانیاں لکھی ہیں۔ پشکن کا کہنا تھا کہ بچپن میں ان کی نرس نے جو کہانیاں انہیں سنائی تھیں ادب میں ان سے بڑی مدد ملی۔ اسی طرح ٹالسٹائی، گورکی وغیرہ کی کہانیاں بھی بہت مشہور ہیں۔

اس کتاب میں بھی ہر دلعزیز مشرقی لوک کتھاؤں کو اردو زبان میں پیش کیا جا رہا ہے۔ امید ہے کہ بچوں کو مشرقی کہانیوں کا یہ مجموعہ پسند آئے گا۔

صابرہ حبیب

ایک تھا بھائی ایک تھی بہن

کسی شہر میں بوڑھیا بڈھے رہتے تھے۔ ان کی ایک بیٹی تھی۔ جس کا نام ایونشکا تھا۔ اور ایک بیٹا تھا۔ ایوانشکا۔

کچھ دن بعد دونوں بڈھے بوڑھیا مر گئے۔ اور بے چارے بھائی بہن دنیا میں بالکل اکیلے رہ گئے۔ مجبور ہو کر بہن کو کام کی تلاش میں باہر نکلنا پڑا۔ بھائی چھوٹا تھا۔ اس لیے اس کو بھی ساتھ میں لے جانے لگی۔ ایک دن کی بات ہے۔ دونوں اکیلے چلے جا رہے تھے۔ انھیں بہت دور جانا تھا۔ جب وہ ایک بڑے میدان میں پہنچے تو بھائی کو پیاس لگی۔ اور وہ بہن سے بولا۔ پیاری ایونشکا بڑی پیاس لگی ہے۔

تھوڑا صبر کرو کوئی کنواں آنے دو وہ بولی۔

پھر وہ آگے بڑھ گئے۔ چلتے چلتے سورج سر پر آ گیا۔ مگر کنواں ابھی دور تھا۔ گرمی کے مارے ان کا برا حال تھا۔ دونوں پسینے میں ڈوب گئے۔ اچانک سامنے انھیں گائے کے پینے کا حوض نظر آیا جو پانی سے لبالب تھا۔

"پیاری بہن میں اس سے تھوڑا سا پانی پی لوں"؛ بھائی نے پوچھا۔

نہیں، نہیں یہ پانی مت پینا ورنہ تم بچھڑا بن جاؤ گے۔

بھائی نے بہن کا کہنا مان لیا۔ اور دونوں آگے بڑھ گئے۔

پھر سورج اور تیزی سے چمکنے لگا۔ کنواں ابھی بھی دور تھا۔ گرمی اور بڑھ گئی۔ پسینہ اور بہنے لگا۔

اچانک سامنے انھیں گھوڑوں کے پانی پینے کا حوض نظر آیا۔ وہ بھی پانی سے لبالب تھا۔

"پیاری بہن میں اس سے پانی پی لوں۔" ایوانوشکا نے پوچھا۔

نہیں نہیں یہ پانی مت پینا ورنہ گھوڑے کا بچہ ہو جاؤ گے۔

ایوانوشکا، ٹھنڈی سانس لے کر آگے بڑھ گیا۔

چلتے چلتے بہت وقت گذر گیا۔ سورج بہت تیزی سے چمک رہا تھا۔ کنواں پھر بھی دور تھا۔ گرمی بڑھتی جا رہی تھی۔ اور پسینہ تیزی سے بہہ رہا تھا۔

اچانک سامنے سے بکریوں کے پانی پینے کا حوض نظر آیا۔ جو پانی سے لبالب تھا۔

تب ایوانوشکا بولا۔

پیاری بہن اب صبر نہیں ہوتا مجھے اس سے ہی پانی پینے دو۔

نہیں نہیں یہ پانی مت پینا ورنہ میمنا بن جاؤ گے۔

مگر اس بار ایوانوشکا نے بہن کا کہنا نہیں مانا اور اس حوض سے پانی پی لیا۔

پانی کا پینا تھا کہ وہ میمنا میں تبدیل گیا۔ جب الیونوشکا نے بھائی کو پکارا تو اس کی جگہ ایک سفید میمنا اس کی طرف دوڑتا ہوا چلا آیا۔ یہ دیکھ کر بے چاری کا غم سے برا حال ہو گیا۔ وہ ایک ٹیلے پر بیٹھ کر رونے لگی۔ اور میمنا اس کے چاروں طرف چھلانگے مارنے لگا۔ اس وقت ادھر سے ایک سوداگر گذرا۔

اے لڑکی تو کیوں رو رہی ہے۔ اس نے پوچھا۔ تب الیونوشکا نے اپنی دکھ بھری کہانی اس کو سنائی۔ یہ سب سن کر سوداگر بولا۔ تم مجھ سے شادی کر لو۔ میں تمھیں سونے چاندی سے لاد دوں گا۔ اور اس میمنے کو یعنی تمھارے بھائی کو بھی اپنے ساتھ رکھ لوں گا۔

الیونوشکا سر جھکا کر سوچنے لگی۔ پھر تھوڑی دیر بعد وہ سوداگر سے شادی کرنے کے لیے تیار ہو گئی۔ اور دونوں خوشی خوشی ایک ساتھ رہنے لگے۔ میمنا بھی ان کے ساتھ رہتا تھا۔ الیونوشکا کو میمنا سے اتنی محبت تھی۔ کہ دونوں ایک ہی برتن میں کھاتے پیتے تھے۔

ایک دن کی بات ہے۔ سوداگر کسی کام سے باہر گیا ہوا تھا۔ نہ جانے کہاں سے ایک جادوگرنی ادھر آنکلی۔ الیونوشکا کی کھڑکی کے نیچے کھڑی ہو کر اس سے چکنی چپڑی باتیں کرنے لگی۔ پھر پھسلا کر اسے ندی پر نہانے کے لیے راضی کر لیا۔

جب الیونوشکا جادوگرنی کے ساتھ ندی پر آئی تو جادوگرنی اس پر جھپٹ پڑی۔ اس کی گردن میں ایک بڑا پتھر باندھا اور اس کو پانی میں پھینک دیا۔

پھر وہ خود الیونوشکا بن گئی۔ اس کے کپڑے پہنے اور اس کے گھر آ گئی۔

گھر پر جادوگرنی کو کسی نے نہیں پہچانا۔ جب سوداگر واپس آیا تو وہ بھی دھوکا کھا گیا۔ بس ایک میمنا بے چارہ تھا جو اصلیت جانتا تھا۔ مگر وہ کسی کو کچھ بتا نہیں سکتا تھا۔ اس نے گردن ڈال دی اور کھانا پینا چھوڑ دیا۔ بس صبح شام وہ ندی کے کنارے جاتا تھا اور پکارتا تھا۔

پیاری بہن ! بہن الیونوشکا۔
تو کنارے پر آجا، آجا۔

جب جادوگرنی کو اس بات کا پتہ چلا۔ تو وہ سوداگر سے ضد کرنے لگی۔ کہ میمنے کو ذبح کر ڈالا جائے۔

سوداگر کو میمنے پر بڑا ترس آیا۔ اتنے دن ساتھ رہنے سے اسے بھی لگاؤ ہو گیا تھا۔ اس جانور سے۔

مگر جادوگرنی تو اس کے پیچھے پڑ گئی۔ اتنی ضد کی، اتنی ضد کی کہ سوداگر کو اس کی بات ماننی ہی پڑی۔

ٹھیک ہے۔ میں اسے کاٹ ڈالوں گا۔ وہ بولا۔

تب جادوگرنی نے حکم دیا۔ کہ ایک خوب بڑا آگ کا الاؤ جلایا جائے۔ بڑی بڑی دیگیں تیار رکھی جائیں اور چھریاں تیز کی جائیں۔

میمنے نے جب دیکھا کہ اس کا وقت قریب آ گیا ہے۔ تو وہ سوداگر سے بولا۔

کاٹنے سے پہلے مجھے ایک بار ندی پر جانے دو۔ پانی پی آؤں گا اور اپنی آنتوں کو بھی دھو لوں گا۔

ٹھیک ہے جاؤ۔ سوداگر بولا۔

میمنا دوڑتا ہوا ندی پر آیا۔ کنارے پر کھڑا ہوا۔ اور بڑی دردبھری آواز میں چلانے لگا۔

پیاری بہن۔ بہن الیونوشکا
تو کنارے پر آجا۔ آجا
الاؤ جلائے ہیں۔ بہت اونچے۔

رکھے ہیں ان پر بڑے دیگچے
چھریوں کی تیز بہت ہے دھار
کاٹنے کو مجھے ہیں سب تیار

اس پر پانی کے اندر سے الیونوشکا نے جواب دیا۔

ہؤں کیسے میں اوپر؟ ۔ نیچے کھینچے بوجھل پتھر۔
گھاس نے پکڑے میرے پیر
ریت کے تودے ہیں سینے پر

ادھر جادوگرنی میمنے کو ڈھونڈنے لگی۔ جب اسے گھر میں نہ پایا تو اس کی تلاش میں نوکر دوڑائے۔

جاکر میمنے کو ڈھونڈو اور اسے فوراً میرے پاس لاؤ۔

ایک نوکر جب ندی پر پہنچا تو کیا دیکھتا ہے کہ میمنا کنارے پر ادھر ادھر دوڑ رہا ہے اور بڑی درد بھری آواز میں چلا رہا ہے۔

پیاری بہن۔ بہن الیونوشکا
تو کنارے پہ آجا۔ آجا

اس پر الیونوشکا نے نیچے سے جواب دیا۔

ہؤں کیسے میں اوپر
نیچے کھینچے بوجھل پتھر
گھاس نے پکڑے میرے پیر
ریت کے تودے ہیں سینے پر

نوکر نے یہ سب دیکھا اور سنا۔ وہ دوڑا۔ دوڑا گھر آیا۔ اور سوداگر کو سارا قصہ بتایا۔ جو اس نے ندی پر دیکھا تھا۔

تب تو لوگ جمع ہو گئے، اور ندی کی طرف دوڑ پڑے۔ ندی میں انھوں نے ریشمی جال ڈالے اور ایو نوشکا کو کنارے پر کھینچ لیا۔ اس کی گردن سے پتھر کھول کر دور ندی میں پھینک دیا۔ اسے بہت خوب صورت کپڑے پہنائے جب ایو نوشکا ہوش میں آئی تو پہلے سے زیادہ خوب صورت لگ رہی تھی۔

ادھر میمنے نے خوشی کے مارے تین قلا بازیاں لگائیں اور پہلے جیسا ایوانوشکا بن گیا۔

جادوگرنی کو گھوڑے کی دم سے باندھا گیا۔ اور گھوڑے کو ایڑ لگا دی گئی۔ دور تک میدان میں گھسٹتی ہوئی وہ نظروں سے اوجھل ہو گئی۔ (برے کام کا برا انجام)۔

کسان کا بیٹا ایوان اور خطرناک عفریت

کسی ملک میں ایک بوڑھیا اور بڈھا رہتے تھے۔ ان کے تین بیٹے تھے۔ سب سے چھوٹے کا نام ایوان تھا۔ جسے پیار سے وہ ایوانشکا کہتے تھے۔ پورا خاندان بڑا محنتی تھا۔ صبح سے شام تک کام میں لگے رہتے تھے۔ کھیت جوتتے تھے۔ گیہوں بویا کرتے تھے وغیرہ وغیرہ۔ اچانک انھوں نے ایک بری خبر سنی کہ ایک بہت بڑا عفریت ان کے ملک پر حملہ کرنے والا ہے۔ وہ سب کو مار ڈالے گا۔ شہر اور گاؤں جلا ڈالے گا۔ بے چارے بوڑھیا اور بڈھا بہت پریشان ہو گئے تب ان کے دونوں بڑے بیٹے انھیں سمجھانے لگے۔

"اماں، بابا تم غم مت کرو۔ ہم اس عفریت کا مقابلہ کریں گے۔ اور آخری سانس تک اس سے لڑیں گے۔ تم اکیلے پریشان نہ ہو اس لیے ہم تمھارے پاس ایوانشکا کو چھوڑ جائیں گے۔ اور پھر وہ ابھی کم عمر ہے اس کو لڑائی پر لے جانا ٹھیک نہیں ہو گا۔"

"نہیں"، ایوانشکا بولا۔ "میں گھر میں بیٹھ کر تمھارا انتظار نہیں کر سکتا عفریت سے لڑنے میں بھی جاؤں گا۔" اس پر بڈھے اور بوڑھیا دونوں چپ رہے۔

نہ تو انھیں منع کیا۔ اور نہ روکنے کی ضد کی۔ تینوں بیٹوں نے سفر کی تیاری کی۔ تینوں بھائیوں نے بڑے بڑے لکڑی کے ڈنڈے ہاتھوں میں لیے تھیلوں میں روٹی اور نمک رکھا۔ اور اپنے وفادار گھوڑوں پر سوار ہو کر نکل پڑے۔ وہ بہت دیر تک چلتے رہے چلتے رہے۔ پھر اچانک راستے میں انھیں ایک بزرگ ملے۔

"خیریت ہے میرے نیک بچو؟"

"بابا سلام" تینوں بولے۔"

"کدھر کا ارادہ ہے۔"

"ہم چودا یودا نامی بدمعاش کو مارنے جا رہے ہیں۔ اس سے لڑیں گے اور اپنے وطن کی حفاظت کریں گے۔"

"بڑا نیک کام ہے۔ مگر عفریت سے لڑائی کے لیے تمھیں ان ڈنڈوں کی نہیں فولادی تلواروں کی ضرورت ہے۔"

"یہ تلواریں ہم کو کہاں ملیں گی بابا؟"

"میں تمھیں بتاتا ہوں بہادر بیٹو۔ تم سیدھے چلتے چلے جاؤ۔ راستے میں ایک اونچا پہاڑ آئے گا۔ اس پہاڑ میں ایک بڑا غار ہے جس کے اندر جانے کا راستہ ایک بڑے پتھر سے بند کیا گیا ہے۔ اس پتھر کو ہٹا کر تم غار کے اندر چلے جانا وہیں تمھیں فولادی تلواریں ملیں گی۔"

بھائیوں نے ان بزرگ کا شکریہ ادا کیا اور جو راستہ انھیں بتایا تھا اس پر چل پڑے۔ سامنے اونچا پہاڑ نظر آیا۔ اور ایک طرف ایک بڑا بھورا پتھر رکھا تھا۔ تینوں نے وہ پتھر ہٹایا۔ اور غار کے اندر داخل ہو گئے۔ وہاں اتنے ہتھیار تھے کہ گنتی کرنا مشکل تھا۔ انھوں نے ایک ایک فولادی تلوار لی اور آگے چل پڑے۔ اس سادھو کا بہت شکریہ ادا کیا۔ ان تلواروں

ے لڑنے سے بڑی آسانی ہو گی۔ باہر آ کر وہ بولے۔ پھر وہ بہت دیر تک چلتے رہے۔ چلتے رہے۔ آخر ایک گاؤں میں پہنچے۔ چاروں طرف دیکھا تو ایک آدمی بھی نظر نہیں آیا۔ پورا گاؤں اجاڑ پڑا تھا۔ پھر ایک جھونپڑی نظر آئی وہ لوگ اس جھونپڑی میں داخل ہو گئے۔ چولھے کے پاس ایک بوڑھی عورت پڑی تھی۔ اور بری طرح کراہ رہی تھی۔

"سلام نانی۔"

"خوش رہو بیٹو۔ کدھر کا سفر ہے؟"

نانی ہم سمر دین ندی کی طرف جا رہے ہیں۔ بیری کے پل پر چودالیدا نامی عفریت سے لڑنے۔ تاکہ وہ ہماری زمین پر داخل نہ ہو سکے۔

"واہ شاباش۔ بڑے نیک کام کے لیے نکلے ہو۔ وہ عفریت تو بڑا ظالم ہے۔ سب کو لوٹ لیا۔ مار ڈالا۔ ہم تک بھی پہنچ گیا۔ اکیلی میں نہ جانے کیسے بچ گئی۔"

رات بھائیوں نے اسی جھونپڑی میں کاٹی۔ دوسرے دن صبح سویرے اٹھے اور سفر پر روانہ ہو گئے۔ جب وہ سمر دین ندی کے پاس بیری کے پل پر پہنچے تو کیا دیکھتے ہیں کہ ندی کے چاروں طرف ٹوٹے تیر کمان، تلواریں اور انسانی ڈھانچے بکھرے پڑے ہیں۔

تینوں نے خالی جھونپڑی ڈھونڈ لی اور اس میں ٹھہرنے کا فیصلہ کیا۔

"تو بھائیو!" ایوان بولا۔ اب ہم خیر جگہ پر آ گئے ہیں۔ ہمیں اپنے آنکھ کان بڑے چوکنا رکھنے ہوں گے۔ ایسا کرتے ہیں کہ باری باری پہرا دیتے ہیں تاکہ عفریت پل پر سے چڑھ کر ادھر نہ آ جائے۔

پہلی رات سب سے بڑا بھائی پہرے داری کے لیے نکلا۔ اس نے ندی کے کناروں پر چکر لگائے۔ ادھر ادھر دیکھا۔ چاروں طرف بڑی خاموشی تھی۔ نہ کوئی آدمی نظر آیا۔ اور نہ ہی کوئی آواز سنائی دی۔ تب تو بڑا بھائی جھاڑیوں کے نیچے لیٹ گیا اور گہری نیند سو گیا۔ تھوڑی دیر میں اس کے خراٹے سنائی دینے لگے۔

ادھر ایوان لیٹا تو تھا جھونپڑی میں لیکن اسے نیند نہیں آ رہی تھی آنکھ تک نہیں جھپکی۔ جب آدھی رات گزر گئی تو اس سے نہ رہا گیا۔ اس نے اپنی فولادی تلوار لی اور ندی کی طرف روانہ ہو گیا۔ یہاں آ کر کیا دیکھتا ہے کہ بڑا بھائی جھاڑیوں میں سو رہا ہے اور زور، زور سے خراٹے لے رہا ہے۔ ایوان نے اسے جگایا نہیں وہ بیری والے پل کے نیچے چھپ کر کھڑا ہو گیا۔ اور راستے کی پہرے داری کرنے لگا۔

اچانک ندی کے پانی میں ہل چل پیدا ہوئی۔ بلوط کے پیڑوں پر چیلیں شور مچانے لگیں۔ سامنے سے چھ سروں والا عفریت چلا آ رہا تھا۔ جب وہ پل کے بیچوں بیچ پہنچا تو اس کا گھوڑا لڑکھڑانے لگا۔ کندھے پر بیٹھا کالا گدھ پھڑپھڑانے لگا۔ اور پیچھے پیچھے آنے والے کالے کتے نے اپنے کان کھڑے کر لیے۔ تب چھ سروں والا عفریت بولا: اے میرے گھوڑے تو کیوں لڑکھڑانے لگا ہے اور اے کالے گدھ تو کیوں پھڑپھڑانے لگا ہے اور اے کالے کتے تو نے اپنے کان کیوں کھڑے کر لیے ہیں کہیں تمہیں کسان کے بیٹے ایوان کی بو تو نہیں آ رہی ہے؟ مگر وہ یہاں کہاں۔ ابھی تو وہ پیدا ہی نہیں ہوا ہوگا۔ اور اگر پیدا بھی ہو گیا ہے تو اس قابل بھی نہیں ہوا ہوگا کہ مجھ سے لڑنے آ سکے۔ اگر وہ آیا بھی تو میں ایک ہاتھ سے اٹھاؤں گا اور دوسرے ہاتھ

سے پٹک دوں گا۔

تب پھر کسان کا بیٹا پل کے نیچے سے نکل آیا۔ اور بولا: "اسے گھمنڈی عفریت اتنا بڑھ چڑھ کر مت بول۔ باز کو ابھی مارا نہیں اور اس کے پر گننے لگا۔ بہادر جوان سے مقابلہ ہوا نہیں اور اس کو بے عزت کر رہا ہے۔ چلو ہو جائے مقابلہ اور جو جیتے گا وہی شیخی بگھارے گا۔" پھر دونوں پل کے ادھر آئے اور آمنے سامنے کھڑے ہو گئے۔ ایسی گھمسان کی لڑائی ہوئی کہ زمین ہلنے لگی مگر عفریت کی قسمت خراب تھی۔ ایوان کے ایک زوردار حملے سے اس کے تین سر کٹ گئے۔

"ٹھہرو اے کسان کے بیٹے ایوان۔" عفریت چلایا۔ مجھے تھوڑا سستا لینے دو۔

کیسا سستانا۔ تمہارے تو تین سر ہیں اور میرا تو صرف ایک ہے۔ جب تمہارے پاس بھی ایک سر رہ جائے گا۔ تب پھر ہم آرام کریں گے۔"

لڑائی پھر شروع ہوئی۔ اور دونوں ایک دوسرے پر حملہ کرنے لگے۔ ایوان نے عفریت کے باقی تین سر بھی کاٹ ڈالے۔ پھر اس کے جسم چھوٹے چھوٹے ٹکڑے کیے اور سمر دین ندی میں بہا دیے۔ کٹے ہوئے چھ سروں کو پل کے نیچے چھپا دیا۔ پھر جھونپڑی میں واپس آیا۔ اور سونے کے لیے لیٹ گیا۔

صبح کو جب بڑا بھائی آیا تو ایوان نے اس سے پوچھا۔ کیا تم نے وہاں کچھ دیکھا؟

نہیں بھائیو۔ میں نے کچھ بھی نہیں دیکھا۔ میرے پاس سے تو مکھی بھی اڑ کر نہیں گئی۔"

ایوان نے اس سے کچھ بھی نہیں کہا۔ دوسری رات چوکیداری کے لیے منجھلا بھائی گیا۔ ٹہلتا رہا، ٹہلتا رہا۔ تھوڑی دیر ادھر ادھر دیکھا اور اطمینان ہو جانے

کے بعد وہ جھاڑیوں میں گیا اور پڑ کر سو گیا۔ ایوان کو اپنے منجھلے بھائی پر بھی کوئی بھروسہ نہیں تھا۔ اس لیے جیسے ہی آدھی رات ہوئی۔ اس نے فوراً کپڑے پہنے فولادی تلوار لی اور ندی کی طرف چل پڑا۔ پل کے نیچے چھپ کر پہرہ دینے لگا۔

تھوڑی دیر میں ندی میں پھر ہل چل ہونے لگی۔ بلوط کے پیڑوں پر بیٹھی چیلیں چلانے لگیں۔ کیا دیکھتا ہے کہ سامنے سے نو سروں والا عفریت چلا آرہا ہے جیسے ہی وہ پل پر آیا اس کا گھوڑا ٹھوکریں کھانے لگا۔ کندھے پر بیٹھا کالا گدھ پھڑ پھڑانے لگا۔ اور پیچھے پیچھے آرہے کالے کتے نے کان کھڑے کر لیے۔

عفریت نے گھوڑے کی پسلیوں پر، گدھ کے پروں پر اور کتے کے کانوں پر چابک مارے۔ اور بولا، "اے میرے گھوڑے تو کیوں ٹھوکریں کھانے لگا۔ اے کالے گدھ تو کیوں پھڑ پھڑانے لگا۔ اور کالے کتے تو نے اپنے کان کیوں کھڑے کر لیے ہیں۔ کہیں تم کسان کے بیٹے ایوان کی بو تو محسوس نہیں کر رہے ہو مگر وہ کہاں۔ وہ تو ابھی پیدا بھی نہیں ہوا ہوگا۔ اور اگر پیدا بھی ہو گیا ہوگا تو لڑنے کے قابل نہیں ہوگا۔ میں اس کو ایک انگلی سے مار ڈالوں گا۔

اس پر کسان کا بیٹا ایوان پل کے نیچے سے نکل آیا اور بولا: ٹھہر اے عفریت۔ اپنے منہ میاں مٹھو مت بن۔ مقابلہ تو کر پھر دیکھتے ہیں کہ کون بڑا ہے۔

ایوان نے جیسے ہی اپنی فولادی تلوار سے اس پر ایک دو وار کیے۔ عفریت کے چھ سر ایک ساتھ کٹ کر گر پڑے۔ اور جب عفریت نے حملہ کیا تو ایوان گھٹنوں کے بل گیلی زمین پر گر پڑا۔ اس نے اپنی مٹھی میں گیلی مٹی بھری اور

عفریت کی آنکھوں میں جھونک دی۔ اتنی دیر میں کہ عفریت اپنی آنکھوں سے مٹی صاف کرتا کہ ایوان نے اس کے باقی سر بھی کاٹ ڈالے۔ پھر جسم کے چھوٹے ٹکڑے کیے اور سمر دین ندی میں بہا دیئے۔ ان نو سروں کو پہلے کی طرح پل کے نیچے دبا دیا۔ اس کے بعد وہ جھونپڑی میں واپس آیا اور لیٹتے ہی وہ ایسا بے خبر سو گیا کہ جیسے کچھ ہوا ہی نہ ہو۔

صبح کو جب بھجلا بھائی آیا تو ایوان نے پوچھا: کچھ دیکھا تم نے رات کو؟"

کچھ بھی تو نہیں۔ میرے پاس سے نہ تو مکھی ہی اڑی اور نہ ہی مچھر بھنبھنائے۔ اچھا تو میرے بھائیو۔ ذرا میرے ساتھ چلو۔ میں تمھیں مکھیاں بھی دکھاؤں گا اور مچھر بھی۔

ایوان اپنے بھائیوں کو پل کے نیچے لے گیا اور عفریت کے سر دکھائے۔

"دیکھو۔" وہ بولا۔ رات کو یہاں کیسے کیسے مکھی اور مچھر اڑے ہیں۔ اور تمھیں خبر نہ ہوئی۔ تم لوگ لڑنے کے قابل نہیں ہو۔ تمھیں تو بس گھر میں انگیٹھی کے پاس پڑ کر سونا چاہیئے۔ دونوں بھائی بہت شرمندہ ہوئے۔ کیا کریں وہ سر کھجاتے ہوئے بولے: "نیند نے ایسا حملہ کیا کہ......

تیسری رات کو خود ایوان کی باری تھی۔ وہ اپنے بھائیوں سے بولا آج بڑی خطرناک جنگ ہوگی۔ اس لیے تم لوگ رات بھر سوتے نہ رہ جانا۔ کان لگا کر سنتے رہنا۔ جیسے ہی میری سیٹی سنائی دے۔ میرے گھوڑے کو آزاد کر دینا سمجھ گئے نا۔

پھر وہ سمر دین ندی کے پاس آیا اور پل کے نیچے انتظار کرنے لگا۔ جیسے ہی آدھی رات ہوئی۔ زمین ہلنے لگی۔ اور ندی کے پانی میں ہل چل مچ گئی۔ زور دار ہوائیں چلنے لگیں اور پیڑوں پر بیٹھی چیلیں چلا پڑیں۔ سامنے سے بارہ

سروں والا عفریت، دکھائی دیا۔ اس کے سب سروں سے سیٹیوں جیسی آواز آرہی تھی۔ اور زبانیں آگ کے شعلوں کی طرح لپلپ رہی تھیں۔ اس بارہ سر والے عفریت کے گھوڑے کے پر لگے تھے۔ اس کے بال تانبے کے جیسے تھے اور پونچھ اور کلغی لوہے جیسی تھی۔ مگر جیسے ہی عفریت پل پر آیا۔ اس کا گھوڑا بھی ٹھوکریں کھانے لگا۔ کندھے پر بیٹھا کالا گدھ پھڑپھڑانے لگا اور پیچھے آنے والے کالے کتے نے اپنے کان کھڑے کر لیے۔ عفریت نے گھوڑے کی پسلیوں پر، گدھ کے پروں پر اور کتے کے کانوں پر چابک مارے اور بولا "اے میرے گھوڑے تو کیوں ٹھوکریں کھانے لگا ہے۔ اے کالے گدھ تو کیوں پھڑپھڑا رہا ہے اور کالے کتے تو نے اپنے کان کیوں کھڑے کر لیے ہیں۔ کہیں ایسا تو نہیں کہ کسان کا بیٹا ایوان۔ یہاں موجود ہو۔۔۔۔ ارے وہ تو ابھی پیدا بھی نہیں ہوا ہوگا۔ اور اگر ہو بھی گیا ہوگا تو ابھی لڑائی کے قابل نہیں ہوا ہوگا۔ میں ذرا سا پھونکوں گا تو اس کی خاک تک کا بھی پتہ نہیں چلے گا۔ یہ سن کر ایوان پل کے نیچے سے نکل آیا۔ اور بولا۔

"ٹھہر اے عفریت اپنے منہ میاں مٹھو نہ بن۔ کہیں بعد میں پچھتانا نہ پڑے۔

"ارے یہ تم ہو ایوان ..... ایک کسان کے بیٹے ..... تم یہاں کیا کرنے آئے ہو؟"

"تمہاری منحوس شکل دیکھنے کے لیے۔ تمہاری طاقت آزمانے کے لیے۔"

"ہا ہا۔ ہا۔ تم آزماؤ گے میری طاقت۔ میرے سامنے تمہاری حیثیت ایک مکھی جیسی ہے۔"

اس پر کسان کے بیٹے ایوان نے جواب دیا۔ یہاں پر میں نہ تو پریوں کی

کہانیاں سننے آیا ہوں۔ اور نہ سنانے۔ میں یہاں مرنے مارنے کے لیے آیا ہوں تاکہ اس زمین کے نیک لوگوں کو تجھ جیسے بدمعاش اور خطرناک عفریت سے آزادی دلا سکوں۔"

اتنا کہہ کر ایوان نے اپنی فولادی تیز دھار والی تلوار چلائی اور عفریت کے تین سر کاٹ دیے۔ عفریت نے اپنے کٹے ہوئے سروں کو اٹھایا اور اپنی آگ اگلتی ہوئی انگلیوں کو ان پر پھیرا پھر ان سروں کو اپنی گردن کے پاس لے گیا۔ ایسا کرتے ہی تینوں کٹے سر گردن سے ایسے جڑ گئے جیسے کبھی الگ ہوئے ہی نہ تھے۔ پھر ایوان پر قیامت ٹوٹ پڑی۔ عفریت کی سیٹیوں جیسی سانسیں اس کا دم گھونٹنے لگیں۔ ہاتھوں سے نکلنے والے شعلے اسے جھلسانے لگے۔ چاروں طرف انگارے برس رہے تھے۔ اور وہ بار بار گھٹنوں کے بل زمین پر گر رہا تھا اور عفریت ہنستا جاتا تھا اور کہتا تھا "تو ستانا تو نہیں چاہتا۔ ایوان کسان کے بیٹے؟"

"کیسا آرام، کہاں کا آرام۔ کسانوں کی تو کہاوت ہے مار کا ڈر اور اپنے بارے میں سوچ مت" ایوان بولا۔

پھر اس نے سیٹی بجائی اور دائیں ہاتھ کا دستانہ جھونپڑی کی طرف اچھال دیا۔ جہاں اس کے خیال میں اس کے بھائی انتظار کر رہے تھے۔ اس کا دستانا اڑا اور کھڑکی پر جا گرا۔ مگر اس کے کاہل بھائی آرام سے پڑے سو رہے تھے۔ ان کو نہ سیٹی سنائی دی اور نہ دستانے کے گرنے کی آواز ہی۔

تب پھر ایوان نے اپنی پوری طاقت جمع کی اور پہلے سے زیادہ زوردار حملہ کیا اور اس بار عفریت کے چھ سر کاٹ ڈالے۔ مگر عفریت نے پھر اپنے سر اٹھائے۔ ان پر اپنی جلتی ہوئی انگلیوں کو پھیرا، گردن کے پاس لے گیا

اور پھر سے سب سر جڑ گئے۔ پھر اس نے ایوان پر حملہ کیا۔ اس بار وہ بے چارہ کمر تک گیلی مٹی کے اندر دھنس گیا۔ ایوان سمجھ گیا کہ معاملہ بہت بگڑتا جا رہا ہے۔ اس نے اپنے بائیں ہاتھ کا دستانہ جھونپڑی کی طرف پھینکا۔ دستانہ جا کر چھت پر گرا۔ مگر کاہل بھائی تو سو رہے تھے۔ انھوں نے کچھ بھی نہیں سنا۔

تیسری بار ایوان نے پھر حملہ کیا۔ اتنا زوردار کہ اس عفریت کے نو سر کاٹ ڈالے۔ مگر عفریت نے پھر ان سروں کو اٹھایا۔ اس نے ان پر اپنی جلتی ہوئی انگلیاں پھیریں اور انھیں گردن کے پاس لے گیا۔ اور سب سر پھر سے جڑ گئے۔

پھر اس نے پلٹ کر اتنا زوردار حملہ کیا کہ وہ بے چارہ کندھوں تک گیلی زمین میں دھنس گیا۔ اس بار ایوان نے اپنی ٹوپی اتاری اور اتنی زور سے جھونپڑی کی طرف پھینکی کہ جھونپڑی بری طرح ہل گئی اور گرتے گرتے بچی تب بھائیوں کی آنکھ کھل گئی۔ کیا سنتے ہیں کہ ایوان کا گھوڑا ہنہنا رہا ہے اور بری طرح زنجیر تڑا رہا ہے۔

وہ جلدی سے گھوڑے کی طرف دوڑے۔ اسے آزاد کیا اور اس کے پیچھے پیچھے خود بھی بھاگنے لگے۔

ایوان کا گھوڑا عفریت کے پاس آیا اور اپنے کھروں سے اس کو مارنے لگا۔ عفریت نے سیٹیاں بجائیں۔ زور سے پھنکاریں ماریں اور گھوڑے پر انگارے برسانے لگا۔ اتنی دیر میں موقع پا کر ایوان زمین سے باہر نکل آیا۔ ایک جست ماری اور عفریت کی آگ برساتی انگلی کاٹ ڈالی پھر اس کے سر کاٹنے لگا۔ ایک ایک کر کے سارے سر کاٹ ڈالے اور جسم کے چھوٹے چھوٹے ٹکڑے کر کے ندی میں بہا دیئے۔ جب سب کچھ ختم ہو گیا تو اس کے بھائی ہانپتے کانپتے پہنچے۔

تم لوگ ..... ایوان بولا۔ تم لوگوں کی نیند کی وجہ سے میرا سر کٹتے کٹتے بچا۔

دونوں بھائی ایوان کو جھونپڑی میں لائے۔ منھ ہاتھ دھلایا۔ کھلایا پلایا اور سونے لٹا دیا۔ صبح کو ایوان اٹھا اور کپڑے پہن کر تیار ہونے لگا۔ اس کے بھائی بولے اتنی صبح کہاں کی تیاری ہے۔ ایسی سخت لڑائی کے بعد تم کو آرام کرنا چاہیئے۔

"نہیں" ایوان بولا "آرام کا وقت نہیں میں سمردین ندی پر جا رہا ہوں۔ اپنی بیٹی ڈھونڈنے۔ وہیں کہیں گر گئی ہے۔

کیا فائدہ۔ بھائی بولے۔ چلو شہر چلتے ہیں وہاں نئی خرید لینا۔

"نہیں۔ مجھے اپنی وہی پرانی ہی چاہیئے" اتنا کہہ کر ایوان ندی کی طرف روانہ ہو گیا۔ مگر وہاں وہ اپنی بیٹی ڈھونڈنے نہیں گیا تھا۔ پل پار کر کے وہ ندی کے دوسرے طرف آ گیا اور چھپ کر عفریت کے عالی شان محل میں گھس گیا۔ وہاں ایک کھلی کھڑکی کے نیچے چھپ کر اندر کی باتیں سننے لگا۔ وہ پتہ لگانا چاہتا تھا کہ انہیں مارنے کی کوئی اور ترکیب تو نہیں سوچی جا رہی ہے۔ اندر کیا دیکھتا ہے کہ کمرے میں تینوں عفریتوں کی بیویاں بیٹھی ہیں اور اس کی ماں ایک بوڑھی ناگن بھی۔ یہ سب بیٹھی آپس میں باتیں کر رہی ہیں۔ چھ سر والے عفریت کی بیوی بولی۔" میں ایوان سے اپنے شوہر کی موت کا بدلہ ضرور لوں گی کل ان سے پہلے میں چلی جاؤں گی اور جب وہ اپنے بھائیوں کے ساتھ واپس جا رہا ہوگا تو میں موسم بہت گرم کر دوں گی اور خود ایک کنواں بن جاؤں گی۔ گرمی سے ان کو پیاس لگے گی تو وہ میرا زہریلا پانی پئیں گے۔ اور پہلا گھونٹ پیتے ہی سب ختم ہو جائیں گے۔

"بڑی اچھی ترکیب ہے تمھاری۔" بوڑھی ناگن بولی۔

پھر نو سروں والے عفریت کی بیوی بولی: "میں بھی ان سے پہلے دوڑ جاؤں گی۔ اور سیب کا پیڑ بن جاؤں گی جب وہ میرے زہریلے سیب کھائیں گے۔ تو فوراً ہی چھوٹے چھوٹے ٹکڑے ہو کر گر جائیں گے۔ تم نے بھی بڑی اچھی ترکیب سوچی ہے۔" بوڑھی ناگن بولی۔

"اور میں ...... بارہ سروں والے عفریت کی بیوی بولی": "میں ان پر نیند کو سوار کر دوں گی۔ اور خود پہلے سے دوڑ کر جاؤں گی اور نرم قالین اور ریشمی تکیے بن جاؤں گی۔ جب وہ تھک کر آرام کرنا چاہیں گے تو لیٹتے ہی آگ میں جل کر مر جائیں گے۔" "تم نے بھی بڑی اچھی ترکیب سوچی ہے۔" بوڑھی ناگن نے شاباشی دی۔ "اور اگر تم تینوں بھی انہیں مارنے میں ناکام رہیں تو میں خود کو ایک بڑے جانور میں بدل لوں گی۔ اور ان کا پیچھا کروں گی اور تینوں کو نگل جاؤں گی۔"

کسان کے بیٹے ایوان نے یہ سب باتیں سنیں۔ پھر اپنے بھائیوں کے پاس واپس آ گیا۔

"کیا ہوا۔ بیٹی ملی تمھیں اپنی؟"

"ہاں مل گئی۔"

"کیا ضرورت تھی اتنا وقت برباد کرنے کی؟"

"ضرورت تھی میرے بھائیو۔"

پھر تینوں بھائی گھر کے لیے چل پڑے۔ راستے میں بنجر میدان تھے اور چراگاہیں۔ سخت گرمی تھی۔ اور امس بھی۔ تینوں کو بڑی زور کی پیاس لگی۔ آگے بڑھنا مشکل ہو گیا۔ کیا دیکھتے ہیں کہ سامنے ایک حوض ہے اور اس میں

چاندی کی بالٹی پڑی ہے۔ دونوں بھائی ایوان سے بولے۔

" ذرا ٹھہرو۔ بہت پیاس لگی ہے۔ ٹھنڈا پانی پی لیں اور گھوڑوں کو بھی پلا دیں۔"

" پتہ نہیں حوض میں کیسا پانی ہو۔" ایوان بولا۔

پھر وہ گھوڑے سے اترا اور تلوار سے حوض کو توڑنے پھوڑنے لگا۔ حوض سے بڑی بھیانک چیخیں اور کراہنے کی آوازیں نکلیں۔ پھر آسمان پر بادل چھا گئے، گرمی غایب ہو گئی اور بھائیوں کی پیاس بھی ختم ہو گئی۔

" دیکھا تم نے کیسا پانی تھا حوض میں۔" ایوان بولا۔ پھر وہ لوگ آگے روانہ ہوئے بہت دیر تک چلتے رہے، چلتے رہے۔ اچانک سامنے ایک سیب کا پیڑ دکھائی دیا۔ جو بڑے بڑے لال لال سیبوں سے لدا ہوا تھا۔

دونوں بھائی گھوڑوں پر سے اتر پڑے۔ سیب توڑنا ہی چاہتے تھے کہ ایوان ان کے سامنے آ گیا۔ اور سیب کے پیڑ کو اپنی تلوار سے کاٹنے لگا۔ پیڑ سے بڑی ڈراؤنی چیخیں نکلنے لگیں۔ " دیکھا تم نے کیسا تھا یہ سیب کا پیڑ۔ اس کے سیب تو ذرا بھی مزے دار نہیں ہوتے۔"

تینوں بھائی پھر گھوڑوں پر بیٹھے اور آگے چل دیئے۔ بہت دیر تک چلتے رہے اور پھر تھک گئے۔ اتنے میں کیا دیکھتے ہیں کہ سامنے میدان میں، بیل بوٹوں والا نرم قالین بچھا ہے اور اس پر نرم نرم تکیے رکھے ہیں۔ دونوں بھائی بولے۔ چلو اس قالین پر ذرا لیٹ کر آرام کر لیں۔ ایک دو گھنٹہ سو لیں تب آگے چلیں۔

" نہیں بھائیو۔ تمہیں اس قالینوں پر ذرا بھی آرام نہیں ملے گا۔" ایوان جلدی سے بولا۔ اس بار بھائیوں کو ایوان پر بڑا غصہ آیا۔ تم کیوں برا برہمیں

حکم دیتے چلے آرہے ہو۔ یہ نہ کرو وہ نہ کرو۔ جواب میں ایوان نے ایک لفظ بھی نہیں کہا۔ اس نے کمر سے پیٹی کھولی۔ اور قالین پر اچھال دی۔ پیٹی سے فوراً آگ کی لپیٹیں نکلنے لگیں۔ اور وہ جل کر خاک ہو گئی۔ دیکھا تمھارا بھی یہی حال ہوتا، جو پیٹی کا ہوا ہے۔" ایوان بھائیوں سے بولا۔

پھر وہ قالین کے پاس آیا اور تلوار سے قالین اور تکیوں کو کاٹنے لگا۔ ان کے ٹکڑے کیے اور چاروں طرف اڑا دیا اور بولا۔ میرے بھائیو۔ تم بے کار مجھ پر غصہ کر رہے تھے۔ حوض، وہ سیب کا پیڑ اور یہ قالین یہ سب اصل میں ان عفریتوں کی بیویاں تھیں جو ہم سے بدلہ لینا چاہتی تھیں۔ مگر ناکام رہیں اور خود ختم ہو گئیں۔

پھر تینوں بھائی آگے روانہ ہو گئے۔ بہت دیر تک چلتے رہے، چلتے رہے اچانک آسمان پر اندھیرا چھا گیا۔ ہوا سائیں سائیں چلنے لگی۔ اور زمین ہلنے لگی۔ کیا دیکھتے ہیں کہ ان کے پیچھے ایک بہت بڑا جانور بھاگتا چلا آرہا ہے۔ اس کا منھ غار جیسا کھلا ہوا تھا۔ جیسے کہ وہ تینوں بھائیوں کو ایک ساتھ نگلنا چاہتا ہو مگر بھائی سمجھ دار تھے۔ انھوں نے اپنے تھیلوں سے ڈھیر سا نمک نکالا اور گٹھری بنا کر اس کے منھ میں پھینک دیا۔ جانور خوش ہو گیا اس نے سوچا کہ ایوان اور اس کے بھائی پکڑ میں آگئے ہیں رک کر وہ نمک کو نگلنے لگا۔ مگر جیسے ہی حلق سے نیچے اتارا اور مزہ معلوم ہوا وہ دوڑ پڑا۔ اتنا تیز بھاگا کہ جسم کے بال کھڑے ہو گئے، دانت کٹکٹانے لگے اور لگتا تھا کہ اب پکڑا تب پکڑا۔

ادھر ایوان نے بھائیوں سے کہا کہ وہ ایک ساتھ نہیں بلکہ الگ الگ راستوں پر ہو لیں۔ ایک دائیں طرف گیا تو دوسرا بائیں طرف اور خود ایوان سیدھا گیا۔ جانور جب اس جگہ پر پہنچا تو ٹھٹھک کر کھڑا ہو گیا۔ وہ طے نہیں کر پا رہا تھا

کہ وہ پہلے کس کا پیچھا کرے۔ جتنی دیر تک وہ سوچتا رہا اور لٹھوکتی ادھر ادھر کرتا رہا۔ ایوان نے اس کو جا پکڑا۔ اپنی پوری طاقت سے اوپر اٹھایا اور زمین پر پٹک دیا۔ جانور کا جسم جل کر خاک ہو گیا۔ اور ہوا نے اس خاک کو چاروں طرف بکھیر دیا۔ اور اس کا نام و نشان تک مٹ گیا۔

اس دن سے چودہ پودا کی عفریت اور ہر طرح کے سانپ بچھو اس جگہ سے ختم ہو گئے۔ لوگ ہنسی خوشی بغیر کسی ڈر کے رہنے لگے۔

اور کسان کا بیٹا ایوان اپنے بھائیوں کے ساتھ اپنے ماں باپ کے پاس لوٹ آیا۔ اور وہ لوگ پھر سے اپنے کھیتوں پر بلا خوف و خطر کام کرنے لگے۔

شہزادہ ایوان اور بھورا بھیڑیا

کسی زمانے میں ایک بادشاہ رہتا تھا۔ اس کے تین بیٹے تھے۔ سب سے چھوٹے بیٹے کا نام ایوان تھا۔ بادشاہ کے محل میں ایک بہت خوبصورت باغ تھا۔ جس میں سیب کے پیڑ لگے تھے مگر ان پر عام قسم کے سیب نہیں بلکہ سونے کے سیب لگا کرتے تھے۔

اچانک اس باغ میں چوری ہونے لگی۔ روز سونے کے سیب غائب ہونے لگے۔

بادشاہ کو اس بات سے بڑا غم ہوا۔ اس نے ہوشیار سے ہوشیار پہریدار بھیجے مگر کوئی بھی چور کو نہیں پکڑ سکا۔ غم کے مارے بادشاہ نے کھانا پینا چھوڑ دیا۔ اور ہر وقت نڈھال رہنے لگے۔ تب تینوں شہزادے اسے سمجھانے پہنچے۔ "پیارے ابا حضور" وہ بولے۔ آپ غم نہ کیجیے۔ اب ہم خود پہرے داری کیا کریں گے۔

بڑا شہزادہ بولا۔ آج میری باری ہے۔ آج باغ کی پہرے داری میں کروں گا۔ یہ کہہ کر وہ باغ کی طرف روانہ ہو گیا۔ وہ برابر باغ میں

ادھر ادھر ٹہلتا رہا۔ مگر کوئی بھی نظر نہیں آیا۔ پھر وہ تھک کر نرم گھاس پر لیٹ گیا۔

صبح کو بادشاہ نے اس سے پوچھا: کیا تم میرے لیے کوئی اچھی خبر لائے ہو؟ کیا تم نے چور کو پکڑ لیا ہے؟ نہیں پیارے ابا حضور میں ساری رات نہیں سویا۔ آنکھ تک نہیں جھپکائی۔ مگر افسوس کوئی بھی نظر نہیں آیا۔

دوسری رات بادشاہ کا منجھلا بیٹا پہرے داری پر گیا۔ وہ بھی ساری رات سوتا رہا۔ اور صبح کو آکر بادشاہ سے جھوٹ بول دیا کہ چور نظر نہیں آیا۔

اب پہرے پر جانے کی چھوٹے شہزادے کی باری تھی۔ شہزادہ ایوان اپنے باپ دادا کے بنائے باغ کی حفاظت کرنے گیا۔ ایک منٹ بیٹھا تک نہیں لیٹنا تو دور رہا۔ جب نیند کا حملہ ہوتا تو گھاس کی اوس سے آنکھیں دھو لیتا اور نیند غائب ہو جاتی۔

جب آدھی رات ہوئی تو وہ چونک پڑا۔ کیا دیکھتا ہے کہ باغ میں اچانک روشنی ہو گئی ہے۔ جو دھیرے دھیرے بڑھ رہی ہے۔ پھر پورا باغ روشنی سے جگمگا اٹھا۔ اتنے میں اس نے دیکھا کہ سیب کے پیڑ پر ایک عجیب و غریب مور بیٹھا ہے۔ اور سونے کے سیبوں کو اپنی چونچ سے کتر رہا ہے۔ شہزادہ ایوان چپکے چپکے آیا اور مور کی دم پکڑ لی۔ مور پھڑپھڑایا اور اڑ گیا۔ شہزادہ کے ہاتھ صرف اس کا ایک پنکھ لگا۔

صبح جب ایوان بادشاہ کے پاس آیا تو اس نے پوچھا۔ کیا ہوا میرے بیٹے ایوان۔ کیا تم نے چور کو پکڑ لیا؟

ابا حضور چور تو پکڑا نہیں جا سکا۔ مگر یہ پتہ ضرور چل گیا کہ ہمارے باغ کو کون اجاڑ رہا ہے۔ یہ رہی اس چور کی نشانی۔

بادشاہ نے وہ پر ہاتھ میں لیا اور خوش ہو گیا۔ پھر اس نے کھانا پینا شروع کر دیا۔ اور اداس رہنا بھی چھوڑ دیا۔

اس واقعہ کو کئی دن گذر گئے۔ اچانک ایک دن بادشاہ کو اس عجیب و غریب مور کا خیال آ گیا۔ اس نے اپنے تینوں بیٹوں کو بلایا، اور بولا "میرے عزیز بچو۔ میری خواہش ہے کہ تم اپنے بہادر گھوڑوں کی لگام کسو، دنیا کا چکر لگاؤ۔ ایک جگہ سے دوسری جگہ جاؤ۔ ہو سکتا ہے وہ عجیب و غریب مور تمھیں کہیں نظر آ جائے۔

فرماں بردار بیٹوں نے باپ کے حکم کے سامنے سر جھکا دیا۔ بہادر گھوڑوں کو کسا اور سفر پر روانہ ہو گئے۔ بڑا بیٹا ایک طرف گیا۔ منجھلا بیٹا دوسری طرف اور شہزادہ ایوان تیسری طرف۔ شہزادہ ایوان بہت دنوں تک ادھر ادھر گھومتا رہا۔ گرمی کا زمانہ تھا ایک دن جب وہ چلتے چلتے تھک گیا تو گھوڑے سے اتر پڑا۔ اس کو ایک پیڑ سے باندھا اور خود سونے لیٹ گیا۔

پتہ نہیں کہ کتنا وقت گذرا ہو گا۔ مگر جب شہزادہ ایوان کی آنکھ کھلی تو گھوڑا غائب تھا۔ پریشان ہو کر وہ گھوڑے کو ڈھونڈنے لگا۔ چاروں طرف مارا مارا پھرتا رہا۔ بہت دیر بعد اس کو گھوڑا نہیں بلکہ اس کی ہڈیاں ملیں۔

شہزادہ ایوان کو بہت افسوس ہوا۔ گھوڑے کے بغیر وہ اتنا لمبا سفر کیسے کرے گا۔ لیکن اب کیا بھی کیا جا سکتا ہے۔ کام کا بیڑا اٹھایا ہے تو کرنا ہی ہو گا۔

اور وہ پیدل چل پڑا۔

چلتا رہا، چلتا رہا۔ یہاں تک کہ تھک کر چور ہو گیا تو نرم گھاس پر بیٹھ

گیا۔ غم سے بالکل نڈھال ہو رہا تھا۔ بہت دیر تک یوں ہی بیٹھا رہا۔ اچانک کہیں سے ایک بھورا بھیڑیا اس کی طرف آ نکلا۔ اور انسانوں کی آواز میں بولا۔

ارے شہزادہ ایوان۔ اتنے اداس کیوں ہو۔ منھ لٹکائے کیوں بیٹھے ہو۔"

" اداس کیوں نہ ہوں۔ بھورے بھیڑیے! میرا وفادار گھوڑا مجھ سے بچھڑ گیا ہے۔"

شہزادہ ایوان تمھارا مجرم میں ہی ہوں۔ میں نے تمھارا گھوڑا کھایا ہے۔ مگر اب مجھے تم پر بڑا ترس آرہا ہے۔ اچھا، تو بتاؤ کہ اتنے لمبے سفر پر کہاں اور کس لیے نکلے ہو۔

میرے ابا حضور نے حکم دیا ہے کہ دنیا کے کسی بھی کونے سے وہ عجیب و غریب مور ڈھونڈ کر لاؤں۔

آہا۔ ہا۔۔۔۔ ارے اس گھوڑے پر تم تین سال بھی چلتے رہتے تب بھی مور کو نہیں ڈھونڈ پاتے۔ صرف میں جانتا ہوں کہ وہ کہاں رہتا ہے۔ اچھا ایسا کرتے ہیں۔ چوں کہ میں نے تمھارا وفادار گھوڑا کھایا ہے اس لیے اس کے بدلے میں اب میں ہی پوری وفاداری سے تمھاری خدمت کروں گا۔ میرے اوپر سوار ہو جاؤ اور خوب کس کر مجھے پکڑ لو۔ شہزادہ ایوان نے ایسا ہی کیا۔ اس کے بیٹھتے ہی بھورا بھیڑیا ہوا سے باتیں کرنے لگا۔ نیلے جنگل آنکھ کے پاس سے نکل گئے۔ تالاب دم سے پار کر گیا۔ وہ بہت دیر تک اسی طرح دوڑتا رہا۔ آخر ایک اونچے قلعہ کے پاس پہنچا اور ایوان سے بولا۔

شہزادہ ایوان۔ میری بات دھیان سے سنو اور یاد کر لو۔ اس قلعہ کی دیوار پر چڑھ جاؤ۔ ڈرو نہیں بڑا اچھا موقع ہے۔ سب پہرے دار سو رہے ہیں۔ اندر ایک مینار ہے اس میں ایک کھڑکی ہے اس کھڑکی پر ایک سونے

کا پنجرہ رکھا ہے۔ اور اسی پنجرے میں مور بند ہے۔ تم بہت سنبھال کر مور کو نکال کر بغل میں دبا لینا۔ مگر خبردار پنجرے کو ہاتھ بھی مت لگانا۔ شہزادہ ایوان نے ایسا ہی کیا۔ وہ قلعہ کی دیوار پر چڑھ گیا وہاں اس کو مینار نظر آیا۔ جہاں کھڑکی میں سونے کا پنجرہ رکھا تھا اور اس پنجرے میں وہ خوب صورت مور بیٹھا تھا۔ اس نے مور کو نکالا۔ بغل میں دبایا۔ چلنے ہی والا تھا کہ اچانک پنجرے پر نظر پڑ گئی۔ دل میں لالچ آ گیا۔ اف کتنا خوبصورت اور قیمتی ہے یہ پنجرہ اس کو کیسے چھوڑا جا سکتا ہے۔ وہ بالکل ہی بھول گیا کہ بھیڑیے نے پنجرے کو چھونے سے منع کیا تھا۔ جیسے ہی اس نے اس کو چھوا پورے قلعہ میں شور مچ گیا۔ چاروں طرف گھنٹیاں بجنے لگیں۔ نقارے بجنے لگے۔ پہرے دار جاگ گئے۔ اور شہزادہ ایوان کو پکڑ لیا۔ وہاں کے بادشاہ ارفون کے پاس لے گئے۔ ارفون بادشاہ غضب ناک ہو کر بولا۔

"کون ہو تم؟ کہاں سے آئے ہو۔؟"

"میں ایک بادشاہ کا بیٹا ایوان ہوں۔"

بڑے شرم کی بات ہے۔ بیٹے ہو بادشاہ کے اور کرتے ہو چوری۔"

"شرم کس بات کی؟۔ تمھارا مور بھی تو ہمارے یہاں چوری کرنے آتا تھا۔ ہمارا اس نے سارا باغ برباد کر دیا۔

تم ہمارے پاس آئے ہوتے۔ اگر ایمان داری سے مانگا ہوتا تب تو ہم ویسے ہی اسے تم کو دے دیتے۔ کیوں کہ ہم تمھارے والد کی بہت عزت کرتے ہیں۔ مگر اب تو میں تمھیں ساری دنیا میں بدنام کروں گا۔ مگر ہاں۔ اگر تم میرا ایک کام کر دو گے تو میں تمھیں معاف کر دوں گا۔ یہاں سے بہت دور ایک ملک میں کسمان نامی بادشاہ رہتا ہے اس کے پاس سنہری کلغی

والا ایک گھوڑا ہے اگر تم مجھے وہ گھوڑا لا دو گے تو میں یہ مور تمھیں دے دوں گا۔
ایوان بہت پریشان ہو گیا۔ جب وہ بھورے بھیڑیے کے پاس آیا تب بھیڑیا اس سے بولا۔ میں نے تم کو منع کیا تھا کہ تم پنجرے کو ہاتھ مت لگانا۔ تم نے میرا کہنا کیوں نہیں مانا۔
"غلطی ہو گئی معاف کر دو مجھے، بھورے بھیڑیے۔"
معاف کر دو ...... پھر چلو سوار ہو جاؤ مجھ پر۔ اوکھلی میں سر دیا ہے، موسل تو سہنے ہی پڑیں گے۔
بھورا بھیڑیا شہزادہ ایوان کو پیٹھ پر سوار کر کے پھر چل پڑا۔ بہت دیر تک وہ دوڑتا رہا۔ دوڑتے دوڑتے آخر وہ اس قلعہ پر پہنچے جہاں سنہری کلغی والا گھوڑا رہتا تھا۔ بھورا بھیڑیا بولا "شہزادے ایوان تم دیوار پر چڑھ جاؤ۔ ڈرو نہیں سارے پہرے دار سو رہے ہیں۔ تم سیدھے اصطبل چلے جانا اور گھوڑے کو پکڑ لینا۔ مگر دیکھو خبردار لگام کو ہاتھ بھی مت لگانا۔
شہزادہ ایوان قلعہ میں اتر گیا۔ وہاں پر سب پہرے دار سو رہے تھے۔ وہ سیدھا اصطبل میں گھس گیا۔ اور سنہری کلغی والے گھوڑے کو پکڑ لیا۔ مگر جب لگام پر نظر پڑی تو دل میں پھر لالچ آ گئی۔ اس میں قیمتی ہیرے جواہرات جڑے ہوئے تھے۔ ارے یہ تو سنہری کلغی والے گھوڑے کے لیے ہے اس کو ضرور لے چلنا چاہیئے۔ مگر جیسے ہی ایوان نے اس کو ہاتھ لگایا۔ سارے قلعہ میں شور مچ گیا۔ گھنٹیاں بجنے لگیں، نقارے بجنے لگے۔ اور پہرے دار جاگ گئے۔ انھوں نے شہزادے ایوان کو پکڑ لیا۔ اور بادشاہ کے پاس لے گئے۔

"کون ہو تم؟ کہاں سے آئے ہو؟" وہ ڈپٹ کر بولا۔

"میں شہزادہ ایوان ہوں۔"

آہ خاہ۔ بڑا نیک کام کر رہے تھے آپ شہزادے، گھوڑے کی چوری۔ ارے یہ کام تو ایک معمولی شریف آدمی بھی نہیں کرے گا۔ مگر خیر میں تمھیں ایک شرط پر معاف کر سکتا ہوں۔ اگر تم میرا ایک کام کر دو۔ دالمت نامی بادشاہ کی ایک بہت خوب صورت بیٹی ہے جس کا نام ایلینا ہے۔ اگر تم اس کو چرا کر میرے پاس لے آؤ۔ تو سنہری کلغی والے گھوڑے کو میں تمھیں انعام میں دے دوں گا۔

اب تو شہزادہ ایوان کا غم کے مارے برا حال ہوا۔ جب وہ جھومتے بھیڑیے کے پاس آیا تب بولا۔

میں نے تم کو لگام چھونے سے منع کیا تھا کہ نہیں مگر تم نے میرا کہنا نہیں مانا۔

غلطی ہو گئی... معاف کر دو.... اے بھورے بھیڑیے۔

میں معاف کر دوں۔ خیر بیٹھو میری پیٹھ پر۔

بھیڑیا پھر شہزادہ ایوان کو پیٹھ پر سوار کر کے سرپٹ دوڑنے لگا۔ آخر وہ بادشاہ دالمت کی حکومت پہنچے۔

اس کے محل کے باغ میں شہزادی ایلینا اپنی نوکرانیوں اور مددگاروں کے ساتھ چہل قدمی کر رہی تھی۔ بھورا بھیڑیا ایوان سے بولا۔

"اس بار میں تمھیں نہیں بھیجوں گا۔ میں خود جاؤں گا۔ تم اسی راستے سے واپس جاؤ۔ میں جلد ہی تم سے آملوں گا۔"

ایوان اسی راستے سے روانہ ہو گیا۔ بھورے بھیڑیے نے ایک

چھلانگ لگائی۔ اور دیوار پار کر کے... باغ میں پہنچ گیا۔ وہاں ایک جھاڑی کے پیچھے چھپ کر دیکھنے لگا۔ شہزادی اپنی نوکرانیوں اور مددگاروں کے ساتھ محل سے باہر نکلی اور ٹہلنے لگی۔ وہ بہت دیر تک ٹہلتی رہی لیکن جیسے ہی ایک منٹ کے لیے ذرا ان سے دور ہٹی۔ بھورے بھیڑیے نے جھپٹ کر اسے اٹھا لیا۔ پیٹھ پر لادا۔ اور سرپٹ بھاگ کھڑا ہوا۔ ایوان پیدل ہی اس راستے پر واپس جا رہا تھا کہ بھورا بھیڑیا اس سے آ ملا۔ شہزادی ایلینا اس پر سوار تھی۔ ایوان بہت خوش ہو گیا۔ بھیڑیا بولا۔

"تم بھی جلدی سے میرے اوپر سوار ہو جاؤ۔ کہیں وہ لوگ ہمارا پیچھا نہ کریں۔"

ان دونوں کو بٹھا کر بھورا بھیڑیا سرپٹ دوڑنے لگا۔ نیلے جنگل آنکھوں کے پاس سے گذرے۔ ندیاں اور تالاب منٹوں میں پار کیے۔ وہ بہت دیر تک دوڑتا رہا۔ آخر وہ کسمان بادشاہ کے پاس پہنچے۔ بھورا بھیڑیا بولا۔

کیا بات ہے شہزادے ایوان۔ اتنے اداس اور خاموش کیوں ہو۔

اداس کیسے نہ ہوں بھورے بھیڑیے۔ اتنی خوب صورت شہزادی سے بچھڑنا ناممکن ہے۔ مجھے سنہری کلغی والا گھوڑا نہیں چاہیئے۔ اس پر بھورے بھیڑیے نے جواب دیا۔

"ٹھیک ہے۔ میں تم کو اتنی خوب صورت شہزادی سے جدا نہیں کروں گا ایسا کرتے ہیں اس کو کہیں چھپائے دیتے ہیں اور میں خود شہزادی ایلینا بنا جاتا ہوں۔ اور تم خود مجھے بادشاہ کے پاس لے جانا۔"

شہزادی کو انھوں نے جنگل میں ایک جھونپڑی میں چھپا دیا۔ پھر بھورے بھیڑیے نے ایک قلابازی لگائی اور شہزادی ایلینا بن گیا۔ شہزادہ ایوان اسے کسمان

بادشاہ کے پاس لے گیا۔ بادشاہ بہت خوش ہوا۔ اور اس کا شکریہ ادا کرنے لگا۔

شہزادے ایوان، تمہارا بہت بہت شکریہ۔ تم نے مجھے رانی لا کر دی ہے۔ اس لیے میں تم کو انعام میں سنہری کلغی والا گھوڑا اور انعام بھی دیتا ہوں۔

شہزادہ ایوان اس گھوڑے پر سوار ہوا اور شہزادی ایلینا کے پاس آگیا۔ اس کو بھی گھوڑے پر بٹھایا اور دونوں واپسی کے لیے روانہ ہو گئے۔

ادھر کسمان بادشاہ نے شادی کی خوشی میں صبح سے شام تک شاندار دعوت کی۔ اور جب شام کو آرام کا وقت آیا تو دونوں آرام کرنے گئے۔ مگر بادشاہ جیسے ہی لیٹا تو کیا دیکھتا ہے کہ خوب صورت شہزادی کی جگہ بھیڑیے کا تھوتھن ہے۔ ڈر کے مارے بادشاہ پلنگ سے گر پڑا۔ اور بھیڑیا ایک چھلانگ لگا کر باہر بھاگ آیا۔

جلد ہی وہ شہزادہ ایوان سے جا ملا۔ تھوڑی دیر میں اس نے پوچھا۔

"اب کیا سوچ رہے ہو شہزادے؟"

سوچوں نہ تو کیا کروں بھورے بھیڑیے۔ مجھے اتنے شاندار سنہری کلغی والے گھوڑے سے بچھڑنے کا افسوس ہے۔ میرا دل نہیں چاہتا کہ اسے مور سے بدل لوں۔

اداس نہ ہو۔ میں تمہاری مدد کروں گا۔

جب وہ بادشاہ ارفون کی حکومت میں پہنچے تو بھیڑیا بولا۔

اس گھوڑے اور شہزادی ایلینا کو کہیں چھپا دو اور میں سنہری والا گھوڑا بنا جاتا ہوں۔ پھر تم مجھے بادشاہ کے پاس لے جانا۔

انہوں نے شہزادے اور سنہری کلغی والے گھوڑے کو جنگل میں

چھپا دیا۔ بھورے بھیڑیے نے پھر ایک قلا بازی لگائی۔ اور وہ کلغی والا گھوڑا بن گیا۔ پھر شہزادہ ایوان، اس کو ارفون بادشاہ کے پاس لے گیا۔ بادشاہ بہت خوش ہوا۔ اور اس نے انعام میں مور اور سونے کا پنجرہ دے دیا۔ شہزادہ پیدل ہی جنگل واپس آیا۔ شہزادی ایلینا کو سنہری کلغی والے گھوڑے پر بٹھایا۔ ہاتھ میں مور والا سونے کا پنجرہ لیا اور اسی راستے سے اپنے گھر کی طرف روانہ ہو گیا۔

ادھر بادشاہ ارفون نے تحفے میں ملے گھوڑے کو اپنے پاس لانے کا حکم دیا۔ مگر جیسے ہی اس پر سوار ہونا چاہا۔ گھوڑا ایک بھورے بھیڑیے میں بدل گیا۔ ڈر کے مارے بادشاہ جہاں کھڑا تھا وہیں گر پڑا۔ اور بھورا بھیڑیا وہاں سے بھاگ نکلا اور ایوان سے جا ملا۔

"اچھا الوداع پیارے شہزادے۔ اب اور آگے میں نہیں جا سکتا۔"

"شہزادہ ایوان گھوڑے پر سے اتر پڑا اور جھک کر اس نے بھورے بھیڑیے کا شکریہ ادا کیا۔ اس پر وہ بولا۔

"ہم ہمیشہ کے لیے نہیں جدا ہو رہے۔ ابھی تو تمھیں پھر میری ضرورت پڑے گی۔"

شہزادے نے دل میں سوچا۔ اب تم میرے کیا کام آ سکتے ہو میری تو ساری خواہشیں پوری ہو چکی ہیں۔

وہ سنہری کلغی والے گھوڑے پر بیٹھا۔ شہزادی ایلینا کو بٹھایا اور عجیب و غریب مور کو لے کر آگے روانہ ہو گیا۔ جب وہ اپنے ملک کی سرحد میں داخل ہوا تب پھر اسے کچھ آرام کرنے کا خیال آیا۔ ان کے ساتھ تھوڑا کھانا تھا۔ انھوں نے کھایا۔ جھرنے سے پانی پیا اور آرام کرنے لیٹ گئے۔ شہزادے ایوان

کی جیسے ہی آنکھ لگی۔ اس کے دونوں بھائی وہاں آ پہنچے سینکڑوں جگہوں پر وہ مارے مارے پھرتے رہے اور مور کو ڈھونڈتے رہے مگر کوئی نتیجہ نہیں نکلا۔ اب وہ خالی ہاتھ واپس لوٹ رہے تھے۔ جب یہاں پہنچے تو کیا دیکھتے ہیں کہ ایوان کو تو سب کچھ مل گیا ہے۔ تب انھوں نے آپس میں مشورہ کیا۔ چلو ایوان کو مار ڈالیں اور اس کا شکار چھین لیں۔ آپس میں طے کیا۔ اور شہزادہ ایوان کو مار ڈالا۔ پھر وہ سنہری کلغی والے گھوڑے پر بیٹھے۔ مور کو ہاتھ میں لیا۔ شہزادی ایلینا کو بھی گھوڑے پر بٹھایا اور اس کو دھمکانے لگے۔ دیکھو خبردار گھر پر کچھ نہ بتانا۔

بے چارہ شہزادہ ایوان مرا پڑا تھا اور اس پر گدھ منڈلا رہے تھے۔ پتہ نہیں کدھر سے بھورا بھیڑیا دوڑتا ہوا آیا۔ اس نے ایک گدھ اور اس کے بچے کو پکڑ لیا۔ اے گدھ۔ تم زندہ کرنے والے اور مارنے والے پانی کو لے کر آؤ تبھی میں تمھارے بچے کو آزاد کروں گا۔ ورنہ۔۔۔

گدھ کے پاس کوئی چارہ نہ تھا۔ وہ اڑا اور بھیڑیا اس کے بچے کو پکڑ کر بیٹھ گیا۔ گدھ بہت دور تک اڑتا ہوا گیا۔ اور اس کو پانی لا کر دیا۔ بھورے بھیڑیے نے مردہ پانی سے شہزادے ایوان کے زخم دھوئے جو فوراً اچھے ہو گئے۔ پھر اس نے زندہ پانی ڈالا۔ اور شہزادہ اٹھ کر بیٹھ گیا۔

"اف کتنی گہری نیند آ گئی تھی مجھے۔"

ہاں بڑی گہری نیند تھی۔ بھورا بھیڑیا بولا۔ اگر میں نہ ہوتا تو شاید کبھی آنکھ نہ کھلتی۔ ارے تمھارے سگے بھائیوں نے تمھیں مار ڈالا تھا اور تمھارا سارا شکار اپنے ساتھ لے گئے۔ تم جلدی سے میرے اوپر سوار ہو جاؤ۔ بھورے بھیڑیے نے ان کہا۔ اچھا کیا۔ اور جلد ہی دونوں بھائیوں کو جا پکڑا۔ پھر ان کے

ٹکڑے ٹکڑے کیے۔ اور پورے میدان میں بکھیر دیے۔

شہزادہ ایوان نے جھک کر پھر بھورے بھیڑیے کا شکریہ ادا کیا اور ہمیشہ کے لیے اس سے جدا ہو گیا۔

پھر وہ سنہری کلغی والے گھوڑے پر سوار ہو کر گھر واپس آیا۔ بادشاہ کو مور دیا۔ اور اپنی رانی ایلینا سے ملوایا۔ بادشاہ بہت خوش ہوا۔ اور ایوان سے سارا قصہ پوچھنے لگا۔ شہزادہ ایوان پھر پورا قصہ بتانے لگا۔ کہ کس طرح بھورے بھیڑیے نے اس کی مدد کی۔ کس طرح سوتے میں اس کے بھائیوں نے اسے قتل کیا تھا۔ اور بھورے بھیڑیے نے کس طرح ان سے بدلہ لیا۔

بادشاہ تھوڑا غمگین تو ہوا۔ مگر جلد ہی خاموش ہو گیا۔ شہزادہ ایوان کی شادی ایلینا سے کردی۔ اور وہ دونوں ہی ہنسی خوشی رہنے لگے۔

٭٭٭٭٭

عقل مند کسان

ایک گاؤں میں دو کسان رہتے تھے۔ ایک امیر تھا اور ایک غریب۔ امیر کسان کے پاس ہر چیز کی بھر مار تھی۔ مگر غریب کے پاس صرف ڈھیر سے بچے تھے اور ہاں ایک ہنس بھی۔

پھر اس کی حالت یہاں تک بگڑی کہ بے چارے کے پاس بچوں کو کھلانے کے لیے کچھ بھی نہیں رہا۔ سمجھ میں نہیں آتا تھا۔ کہ کیا کرے۔

سوچتا رہا، سوچتا رہا کیا کروں۔ بچوں کو کیا کھلاؤں۔ پھر ایک ترکیب سمجھ میں آئی۔ بیوی سے بولا۔

آج ہنس کو پکا ڈالو۔

بیوی نے ہنس کو پکایا۔ میز پر رکھا۔ مگر روٹی کا ایک ٹکڑا بھی نہیں تھا ساتھ میں کھانے کو۔

اس پر غریب کسان بولا۔

بنیر روٹی کے کیسے کھائیں۔ پھر............ اس ہنس کے کھانے سے پیٹ ہمیشہ تو بھرا نہیں رہے گا۔ ایسا کرتے ہیں، یہ ہنس میں زمیندار کو دے آتا ہوں اور اس کے بدلے میں اس سے اناج مانگ لوں گا۔

ہاں - ہاں جاؤ - بیوی بولی - ہوسکتا ہے کہ وہ آدھا بورا اناج دے دے۔
کسان زمیندار کے پاس آکر بولا۔
میں تمہارے پاس ہنس لے کر آیا ہوں۔ لینے سے انکار نہ کرنا۔ اس کے بدلے ... ہو سکے تو تھوڑا سا آٹا دے دو۔ بچوں کو کھلانے کے لئے کچھ بھی نہیں ہے میرے پاس۔
ٹھیک ہے۔ زمیندار بولا۔ اگر تم مجھے تحفہ میں ہنس دے رہے ہو تو اس کو اس طرح بانٹو کہ کوئی برا نہ مانے۔ اگر تم کسی کو ناراض کیے بغیر انصاف سے بانٹ دوگے تو میں تمھیں آٹا دوں گا۔ اگر نہیں بانٹ پاؤ گے تو میں سزا دوں گا۔
اس زمیندار کا خاندان بڑا تھا۔ میاں بیوی دو لڑکے اور دو لڑکیاں۔ کل ملا کر چھ آدمی تھے۔
کسان نے چھری مانگی اور ہنس کے ٹکڑے کرنے لگا۔ پہلے اس نے سر کاٹا اور زمیندار کو دیا۔
تم پورے گھر کے سردار ہو اس لیے تم کو ہنس کا سر ملنا چاہیئے۔ پھر اس نے ہنس کا سینہ نکالا اور زمیندارنی کو دیا۔
تم سارا دن گھر پر رہتی ہو اس کی دیکھ بھال کرتی ہو اس لیے تم یہ لو۔
پھر اس نے پیر کاٹے اور دونوں بیٹوں کو دیے۔
تم ایک ایک ٹانگ لو۔ تاکہ تم اپنے باپ کے راستے پر چل سکو۔
پھر دونوں بیٹیوں کو ایک ایک بازو دیے۔
تم دونوں اپنے ماں باپ کے پاس کچھ دن کی مہمان ہو بڑی ہو جاؤ گی تو پھر سے اڑ جاؤ گی اپنا گھونسلہ خود بنانے۔

اور باقی حصہ کسان نے خود لے لیا۔

چوں کہ میں ایک بڑھاپے و توت کسان ہوں اس لیے مجھے ہنس کا بچا کھچا کترنا چاہیے۔

زمیندار ہنس پڑا۔

شاباش۔ کسان۔ ہنس کو سب میں بانٹ بھی دیا اور اپنے لیے بھی بچا لیا۔ اس نے اس کی شربت کے گلاس سے خاطر کی۔ اور غریب کسان کو دو بورے آٹا دینے کا حکم دیا۔

اس کے بارے میں جب امیر کسان کو پتہ چلا تو اسے بڑی جلن ہوئی اس نے پانچ خوب موٹے ہنس پکائے اور زمیندار کی خدمت میں خاکساری سے پیش کیے۔

جناب اعلیٰ۔ میں آپ کی خدمت میں یہ پانچ ہنس پیش کر رہا ہوں قبول فرمائیے۔

شکریہ۔ شکریہ میرے بھائی۔ جب تم نے یہ ہنس تحفے میں دیئے ہیں تو ان کو برابر سے بانٹ بھی دو۔ اس طرح کہ کوئی بھی برا نہ مانے۔ اگر بغیر کسی کو ناراض کیے بانٹ دو گے تو انعام دوں گا۔ اگر نہیں بانٹ پاؤ گے تو اصطبل میں کوڑے لگواؤں گا۔

امیر کسان کھڑا ہو کر حصہ لگانے لگا۔ سمجھ میں نہیں آ رہا تھا کہ پانچ ہنسوں کو کس طرح چھ لوگوں میں بانٹے۔

تب زمیندار نے غریب کسان کو بلایا۔

کیا تم پانچ ہنسوں کو ہمارے بیچ انصاف کے ساتھ بانٹ سکتے ہو؟

کیوں نہیں سرکار۔ غریب کسان بولا۔

ایک ہنس اس نے زمیندار اور اس کی بیوی کو دیا۔

آپ دو ہیں اس لیے آپ کو پورا ایک ہنس۔ اب آپ تین ہو گئے۔

دوسرا ہنس دونوں بیٹوں کو دیا۔ اب آپ بھی تین ہو گئے۔

تیسرا ہنس دونوں بیٹیوں کو دیا۔ اب آپ لوگ بھی تین ہوگئیں۔

اور باقی دو خود لے لیے۔

اب میں بھی تین ہو گیا۔ کسی کے ساتھ ناانصافی نہیں ہوئی۔

زمیندار ہنس پڑا۔

شاباش، شاباش۔ سب میں ٹھیک طرح سے بانٹنا بھی آتا ہے اور خود کو بھی نہیں بھولتے۔ اس نے پھر کسان کی شراب سے خاطر کی۔ اور ایک گاڑی بھر آٹا دینے کا حکم دیا۔

امیر کسان کو اصطبل بھیجا تاکہ اسے کوڑے لگائے جائیں۔

لالچ کا پھل

آج سے بہت سال پہلے کی بات ہے کسی گاؤں میں ایک کسان رہتا تھا۔ اس کی دو بیٹیاں تھیں۔ ایک پہلی بیوی سے جو مرچکی تھی اور ایک دوسری بیوی سے۔

سب جانتے ہیں کہ سوتیلی مائیں کیسی ہوتی ہیں۔ سوتیلی بیٹی اچھا کرتی جب بھی مار کھاتی۔ اور برا کرتی تب بھی۔ اور سگی بیٹی جو کچھ بھی کرتی ماں پیار سے سر پر تھپکی دیتی اور شاباشی بھی۔

بے چاری سوتیلی بیٹی گائے، بھینسوں کو کھلاتی، پلاتی، لکڑی کاٹ کر لاتی، پانی بھر کر لاتی۔ آگ جلاتی، گھر کی صفائی کرتی اور سینکڑوں دوسرے کام کرتی مگر بوڑھیا یہی کہتی رہتی کہ ایسا نہیں کیا۔ ویسا نہیں کیا۔ یہ کام بگاڑ دیا۔ وہ کام خراب کر دیا۔

کتنی تیز ہوا ہو کبھی تو رکتی ہے مگر وہ بوڑھیا ایک بار شروع ہوتی تو رکنے کا نام ہی نہیں لیتی۔ ایک دن اس نے سوتیلی بیٹی سے چھٹکارا پانے کی ترکیب سوچی۔

"اسے بڈھے' اس کو یہاں سے کہیں اور لے جا جہاں دل چاہے مگر

میری آنکھوں سے دور لے جا ۔ اس کو جنگل میں لے جا ۔ اور کڑاکے کی سردی میں وہاں چھوڑ آ ۔"

بے چارہ بڈھا بہت پریشان ہو گیا۔ رویا پیٹا مگر کچھ نہیں کر سکتا تھا۔ ظالم بوڑھیا کے آگے بالکل بے بس تھا۔ گھوڑے کو کسا اور بیٹی سے بولا۔ پیاری بیٹی گاڑی میں بیٹھ جا ، بے چاری بے بس لڑکی کو جنگل میں لایا اور ایک بڑے برگد کے پیڑ کے نیچے برف کے ڈھیر پر ڈال دیا اور چلا آیا۔ بے چاری لڑکی پیڑ کے نیچے بیٹھی تھی۔ سردی سے کانپ رہی تھی۔ اس پر تھر تھری سوار ہو گئی۔ اچانک کیا سنتی ہے کہ تھوڑی دور پر جاڑے کا بادشاہ پیڑوں پر سے گذر رہا تھا۔ اور پیڑ چرچرا رہے تھے۔ ایک پیڑ سے دوسرے پیڑ پر چھلانگ لگا رہا تھا۔ پتیوں کو ہلا رہا تھا۔ جب وہ اس پیڑ پر آیا جس کے نیچے وہ لڑکی بیٹھی تھی تو اوپر سے اس سے پوچھا۔

اے لڑکی، تمھیں گرمی لگ رہی ہے نا!

ہاں ، ہاں ۔ وہ بڑی مشکل سے کانپتے ہوئے بولی.... پیارے جاڑے کے بادشاہ گرمی لگ رہی ہے۔ بہت گرمی ہے بابا۔

تب وہ بادشاہ شرارت میں اور نیچے آ گیا۔ تیزی سے پیڑ چرچرانے لگے اور پتیاں ہلنے لگیں۔ گرمی لگ رہی ہے نا تمھیں لڑکی۔ گرمی ہے نا؟

"ہاں جناب گرمی ہے۔ بابا بہت گرمی ہے۔"

یہ سن کر وہ ستانے کے لیے اور نیچے آ گیا۔ اور زور سے پیڑ چرچرائے اور تیزی سے پتیاں ہلیں۔ اس نے تین بار پوچھا۔

"اے لڑکی۔ گرمی لگ رہی ہے نا تمھیں؟

اب تو لڑکی کے منہ سے آواز بھی نہیں نکل پا رہی تھی۔ بڑی مشکل سے

کپکپاتے ہوئے اس نے کہا: ہائے۔ بڑی گرمی ہے پیارے۔ جاڑے کے بادشاہ:

پھر تو جاڑے کے بادشاہ کو رحم آ گیا۔ کتنی صبر والی ہے یہ لڑکی۔ اس نے ستانا چھوڑ کر اس کے اوپر ایک شیر کی کھال کا کوٹ اور خوبصورت کمبل ڈال دیئے۔

ادھر سوتیلی ماں اس کے کفن دفن کی تیاری کر رہی تھی۔ کیک بنایا اور شوہر سے چلا کر بولی۔

اے بوڑھے کھوسٹ جا اور جا کر اپنی بیٹی کی لاش دفنانے کے لیے لے آ۔"

بڈھا جنگل میں گیا جب اس جگہ پر پہنچا تو کیا دیکھتا ہے کہ بڑے برگد کے پیڑ کے نیچے اس کی بیٹی بیٹھی ہنس رہی ہے۔ گال لال لال ہو رہے ہیں۔ قیمتی کوٹ پہنے ہوئے ہے۔ چاندی سونے سے لدی ہوئی ہے اور اس کے پاس ایک صندوق رکھا ہے جو طرح طرح کی قیمتی چیزوں سے بھرا ہوا ہے۔

بڈھے کی خوشی کا ٹھکانا نہ تھا۔ سب چیزیں گاڑی پر لادیں ؟ بیٹی کو بٹھایا اور گھر لے آیا۔

ادھر سوتیلی ماں کیک بنا رہی تھی اور میز کے نیچے۔ میٹھا کتا بھوں بھوں کرتا ہوا بولا: بڈھے کی بیٹی، سونے چاندی سے لدی پھندی آ رہی ہے۔ اور بوڑھیا کی بیٹی کو کوئی پوچھتا بھی نہیں۔

بوڑھیا نے جل کر اس کو روٹی کا ٹکڑا دیا اور بولی۔

اس طرح نہ بھونک ! یہ کہہ کر بوڑھیا کی لڑکی کی شادی ہو رہی ہے اور بڈھے کی لڑکی کی ہڈیاں لائی جا رہی ہیں۔

کتے نے روٹی کھائی۔ اور پھر بھونکا۔

" بھوں، بھوں۔ . . . بڈھے کی بیٹی سونے چاندی میں لدی آ رہی ہے

اور بوڑھیا کی بیٹی کو کوئی پوچھتا بھی نہیں۔"

بوڑھیا نے روٹی پر روٹی کتے کو دی، مارا بھی مگر کتا برابر یہی رٹ لگائے رہا۔

اچانک پھاٹک کے چرمرانے کی آواز آئی۔ دروازہ کھلا اور گھر میں سوتیلی بیٹی داخل ہوئی۔ سونے چاندی سے لدی ہوئی اور جگ مگ کرتی۔ اس کے پیچھے پیچھے ایک بڑا بھاری صندوق لایا جارہا تھا۔ بوڑھیا نے جیسے ہی دیکھا۔ ہاتھ اٹھا کا اٹھا رہ گیا۔ منہ کھلا کا کھلا رہ گیا۔ فوراً بولی۔

"اے بڈھے کھوسٹ، فوراً گھوڑا گاڑی تیار کر۔ میری بیٹی کو بھی جنگل میں لے جاؤ اور اسی جگہ پر بٹھا کر آجہاں . . . . اس کو بٹھایا تھا۔"

بڈھے نے بوڑھیا کی بیٹی کو گاڑی پر بٹھایا۔ جنگل میں اس جگہ پر لے گیا اور اسی پیڑ کے نیچے برف کے ڈھیر پر ڈال دیا اور چلا آیا۔

بوڑھیا کی بیٹی بیٹھی تھی۔ سردی سے دانت بج رہے تھے۔

جاڑے کا بادشاہ جنگل میں گھوم رہا تھا۔ ایک پیڑ سے دوسرے پیڑ پر چھلانگ لگا رہا تھا۔ پتے ہلا رہا تھا۔ اور بوڑھیا کی بیٹی کی طرف دیکھ کر بولا۔

"سردی تو نہیں لگ رہی، اے لڑکی؟"

اس پر وہ بولی۔

اے قلفی جمی جا رہی ہے میری۔ تم پتے مت ہلاؤ۔ نہ ہی برف گراؤ اے جاڑے کے بادشاہ۔"

یہ سن کر وہ اور نیچے آگیا۔ پتوں کو اور ہلانے لگا۔ پیڑوں کو چرچرانے لگا۔ اور لڑکی سے دوبارہ پوچھا۔

"سردی تو نہیں لگ رہی ہے لڑکی۔ سردی تو نہیں لگ رہی ہے لاڈلی۔"

"ہائے میرے تو ہاتھ پیر جم گئے ہیں۔ تو بس یہاں سے چلا جا۔ جاڑے کے بادشاہ۔"

اس پر وہ اور نیچے آگیا اور زور سے ہوا چلی۔ برف اڑی، پتے ہلے۔ اس نے پھر پوچھا۔

"اے لڑکی تمھیں سردی تو نہیں لگ رہی ہے، تمھیں سردی تو نہیں لگ رہی ہے۔ اے لاڈلی؟"

"اوے۔ تو نے تو مجھے پورا جما دیا۔ اوے کم بخت جاڑے دفع ہو جا۔ یہاں سے بدمعاش کہیں کا۔"

اس بدتمیزی پر جاڑے کے بادشاہ کو اتنا غصہ آیا کہ بوڑھیا کی بیٹی کی ہڈی ہڈی کڑ کڑا گئی۔

ادھر پوری طرح صبح نہیں ہو پائی تھی کہ بوڑھیا نے شوہر سے کہا۔"

"اے بڈھے کھوسٹ جلدی سے گھوڑے کسو۔ بیٹی کو لینے جاؤ اور اس کو سونے چاندی میں لدا پھندا لے آؤ۔"

بڈھا چلا گیا۔

میز کے نیچے بیٹھا کتا بولا۔

بھوں، بھوں۔۔۔ بڈھے کی بیٹی کی شادی ہوئی اور بوڑھیا کی بیٹی کی ہڈیاں ایک تھیلے میں آرہی ہیں

بوڑھیا نے اس کو کیک دیا۔

اس طرح نہ کہہ۔ بول۔۔۔۔ بوڑھیا کی بیٹی سونے چاندی سے لدی آرہی ہے۔

مگر کتا وہی بات دوہراتا رہا۔

بھوں۔ بھوں۔ بوڑھیا کی بیٹی کی ہڈیاں بوری میں لائی جا رہی ہیں۔
اتنی دیر میں باہر کا پھاٹک چرچرایا۔ بوڑھیا بیٹی سے ملنے دوڑتی باہر آئی۔ ٹاٹ ہٹایا تو کیا دیکھتی ہے کہ گاڑی کے اندر بیٹی کی لاش پڑی ہے۔
بڑا پچھتاوا ہوا۔ بوڑھیا کو لالچ کرنے کا۔ مگر اب بہت دیر ہو چکی تھی۔

جادو کا گھوڑا

ایک بڈھا تھا۔ اس کے تین بیٹے تھے۔ دو بیٹے تو بہت تندرست اور سجیلے جوان تھے۔ مگر سب سے چھوٹا بیٹا ایوان بے وقوف سا لڑکا تھا اسے بس جنگل میں جا کر پھل توڑنے کا شوق تھا۔ یا پھر گھر میں آتش دان کے پاس پڑا سوتا رہتا تھا۔

جب بڈھے کو لگا کہ وہ مرنے والا ہے تو اس نے اپنے تینوں بیٹوں کو بلایا اور بولا۔

دیکھو جب میں مر جاؤں تو لگاتار تین راتوں تک تم میری قبر پہ کھانا لے کر آتے رہنا۔

پھر وہ مر گیا۔ بیٹوں نے اس کو دفن کر دیا۔ جب پہلی رات آئی تو سب سے بڑے بیٹے کی قبر پر جانے کی باری تھی۔ مگر اس پر کاہلی سوار ہوگئی اور ڈرنے لگا۔ وہ اپنے سب سے چھوٹے بھائی ایوان سے بولا۔

پیارے بھائی۔ آج رات میرے بدلے تم بابا کی قبر پر چلے جاؤ میں تمہیں ایک اچھا سا کیک خرید دوں گا۔

ایوان راضی ہو گیا۔ اس نے کھانا لیا اور باپ کی قبر پر چلا گیا وہاں بیٹھ

کر انتظار کرنے لگا جب آدھی رات کا وقت ہوا تو اچانک زمین پھٹ گئی اور باپ قبر میں سے نکل کر باہر آ گیا۔

یہاں کون ہے۔ وہ بولا۔ کیا تم ہو میرے بڑے بیٹے۔ ذرا بتاؤ تو اس ملک میں کیا ہو رہا ہے۔ کیا کتے بھونک رہے ہیں۔ یا بھیڑیئے چلا رہے ہیں یا پھر میرا جادو رور ہا ہے۔ ؟

ایوان نے جواب دیا۔

ہاں یہ میں ہوں تمھارا بیٹا اس ملک میں سب خیریت ہے۔ تب اس کے باپ نے کھانا کھایا۔ اور واپس قبر میں جا کر لیٹ گیا۔ اور ایوان اپنے گھر آ گیا۔ راستے میں اس نے خوب ڈھیرے پھل توڑ لیے۔ جب گھر پہنچا تو بڑے بھائی نے پوچھا۔

باباسے ملاقات ہوئی ؟

ہاں ہوئی۔

اس نے کھانا کھایا ؟

ہاں خوب پیٹ بھر کر کھایا۔

جب دوسری رات آئی تو منجھلے بیٹے کی جانے کی باری تھی۔ وہ بھی یا تو کاہلی کی وجہ سے یا ڈر کے مارے جانے کی ہمت نہ کر سکا۔ ایوان سے بولا۔

پیارے بھائی میرے بدلے بھی تم باباکے پاس چلے جاؤ میں تمھارے لیے کھیل کے ڈنڈے بنا دوں گا۔

اچھا ٹھیک ہے۔ ایوان مان گیا۔

اس نے کھانا لیا۔ اور باپ کی قبر پہ چلا گیا اور بیٹھ کر انتظار کرنے لگا آدھی رات کو زمین پھر پھٹی۔ باپ قبر سے اٹھ کر کھڑا ہو گیا اور پوچھنے لگا۔

یہاں کون ہے۔ کیا تم ہو میرے منجھلے بیٹے۔ ذرا بتاؤ تو اس ملک میں کیا ہو رہا ہے۔ کیا کتے بھونک رہے ہیں۔ یا بھیڑیے چلا رہے ہیں۔ یا میرا جادو دور رہا ہے۔؟

ایوان نے جواب دیا۔

یہ میں ہوں تمھارا بیٹا۔ ملک میں سب ٹھیک ہے۔ تب بڈھے نے خوب پیٹ بھر کر کھانا کھایا۔ اور واپس قبر میں جا کر لیٹ گیا۔ ایوان گھر کی طرف چلا راستے میں اس نے پھر ڈھیر سے پھل توڑ لیے۔ گھر پہنچا تو منجھلے بھائی نے اس سے پوچھا۔

کیا بابا نے کھانا کھایا؟

ہاں خوب پیٹ بھر کر کھایا۔

تیسری رات جب ایوان کی باری آئی تو وہ دونوں بھائیوں سے بولا۔

تمھارے بدلے میں دو رات قبر پر گیا۔ آج تم بابا کی قبر پر چلے جاؤ۔ میں تھوڑا آرام کرنا چاہتا ہوں۔

اس پر دونوں بھائیوں نے جواب دیا۔

کیا بات کرتے ہو تم بھی۔ تم تو وہاں سب کچھ جان گئے ہوگے۔ بہتر ہوگا کہ تم ہی جاؤ۔

ٹھیک ہے۔ وہ بولا۔

ایوان نے پھر کھانا لیا اور چل دیا۔ آدھی رات کو پھر زمین پھٹی۔ اور باپ قبر سے نکل کر کھڑا ہو گیا۔

یہاں کون ہے۔ کیا تم ہو میرے چھوٹے بیٹے ایوان؟ اچھا بتاؤ اس ملک میں کیا ہو رہا ہے۔ کیا کتے بھونک رہے ہیں۔ یا بھیڑیے چلا رہے ہیں یا

پھر میرا جادو رو رہا ہے۔

ایوان نے جواب دیا۔

یہ میں ہوں تمھارا بیٹا ایوان اور اس ملک میں سب ٹھیک ہے۔

بڈھے نے پیٹ بھر کر کھانا کھایا پھر ایوان کو ایک چابک دی۔ اور بولا۔

صرف تم نے میرے حکم کو مانا ہے تم کو تین رات یہاں میری قبر پر آئے، ڈر نہیں لگا؟ میں تم کو انعام دوں گا۔ اس چابک کو لے کر کسی کھلے میدان میں جانا اور خوب زور سے چلانا" انتر منتر چھو منتر اے جادوئی گھوڑے میرے سامنے ایسا کھڑا ہو جا جیسے گھاس کے آگے پتے"

"ان کہنے پر تمھارے پاس ایک گھوڑا دوڑتا ہوا آئے گا۔ تم اس کے دائیں کان میں گھسنا اور بائیں سے باہر آ جانا۔ دیکھنا پھر تم کیا سے کیا بن جاؤ گے پھر گھوڑے پر سوار ہو جانا"

ایوان نے وہ چابک لیا باپ کا شکریہ ادا کیا اور گھر چلا آیا۔ جنگل سے گذرتے وقت ڈھیر سے پھل جمع کر لیے جب گھر پہنچا تو بھائیوں نے پوچھا۔

بابا سے ملاقات ہوئی؟

ہاں ہوئی۔

اس نے کھانا کھایا؟

ہاں خوب پیٹ بھر کر کھایا۔ اور آنے کو منع بھی کر دیا۔

اسی زمانے میں اس ملک کے بادشاہ نے اعلان کرایا کہ ملک کے سارے بہادر اور کنوارے جوان بادشاہ کے دربار میں حاضر ہوں کیوں کہ وہ شاہزادی کی جس کا خوب صورتی میں کوئی جواب نہیں تھا شادی کرنا چاہتا ہے۔ شاہزادی نے اپنے لیے بارہ ستونوں اور بارہ محرابوں والا ایک

مینار بنانے کا حکم دیا ہے۔ اس مینار کی سب سے اونچی جگہ پر وہ خود بیٹھے گی۔ اور انتظار کرے گی جو گھوڑے پر بیٹھ کر ایک ہی چھلانگ میں اس تک پہنچ کر اس کے ماتھے کو چوم لے گا۔ تو چاہے وہ غریب ہو یا امیر بادشاہ اپنی بیٹی کی شادی اس سے کر دے گا۔ شادی بھی کرے گا اور آدھی حکومت بھی جہیز میں دے گا۔ یہ اعلان ایوان کے بھائیوں نے بھی سنا۔ اور آپس میں باتیں کرنے لگے۔

چلو ہم بھی کوشش کر کے دیکھیں۔

انھوں نے اپنے وفادار گھوڑوں کو خوب کھلایا پلایا تیار کیا خود اچھے کپڑے پہنے بناؤ سنگھار کر کے جانے لگے تو ایوان بولا۔

بھائیوں مجھے بھی اپنے ساتھ لے چلو نا۔ مجھے بھی کوشش کرنے کا موقع

اس پر وہ ہنسے اور مذاق اڑاتے ہوئے بولے۔

ارے بے وقوف۔ تیرا وہاں کیا کام۔ تم تو جنگل میں جاؤ۔ اور وہاں پھل جمع کرو۔ بے کار وہاں جاکر لوگوں کو خود پر ہنساؤ گے۔

وہاں جاکر دونوں بھائی اپنے گھوڑوں پر بیٹھے اپنی ٹوپیوں کو سر پر ٹھیک کیا۔ سیٹی بجائی اور چھلانگ لگادی۔ مگر کھمبوں کی مٹی ہی ہاتھ لگی۔ شہزادی تک تو پہنچ نہیں پائے۔

ادھر ایوان نے لگام ہاتھ میں لی اور جس طرح اس کے باپ نے بتایا تھا، وہ کھلے میدان میں جا کر زور سے چلایا۔

"انتر منتر چھو منتر، اے جادو کے گھوڑے میرے سامنے کھڑا ہو جا جیسے گھاس کے آگے پتی۔"

اتنا کہنا تھا کہ نہ جانے کدھر سے ایک گھوڑا دوڑتا ہوا اس کی طرف آنے لگا۔ پیروں کے نیچے زمین ہل رہی تھی۔ آنکھیں انگاروں کی طرح چمک رہی تھیں۔ کانوں سے دھواں نکل رہا تھا۔ وہ ایوان کے سامنے آتے ہی سر جھکا کر کھڑا ہو گیا۔ اور بولا۔

کیا حکم ہے مالک۔

ایوان نے گھوڑے کو تھپتھپایا، سہلایا پھر اس کے دائیں کان میں گھسا اور بائیں سے باہر نکل آیا۔ تب تو وہ اتنا خوب صورت جوان لگنے لگا کہ نہ کسی نے دیکھا ہوگا اور نہ کوئی سوچ سکتا ہے نہ بیان کر سکتا ہے۔ پھر وہ گھوڑے پر سوار ہوا، اور بادشاہ کے محل کی طرف چل دیا۔ جادو کا گھوڑا اتنا تیز دوڑ رہا تھا کہ زمین ہل رہی تھی۔ پہاڑیوں اور گھاٹیوں کو وہ دم سے جھاڑ رہا تھا اور ندیوں نالوں کو ٹانگ کے نیچے سے نکال رہا تھا۔

جب ایوان بادشاہ کے محل پہنچا تو وہاں بہت لوگ جمع تھے۔ بارہ ستونوں اور بارہ محرابوں والے ایک اونچے مینار کی سب سے اونچی کھڑکی پر بے مثال خوب صورتی والی شہزادی بیٹھی تھی۔ بادشاہ جھروکے پر آیا اور بولا۔

اے جوانو۔ آپ میں سے جو بھی گھوڑے پر بیٹھ کر کھڑکی تک چھلانگ لگائے گا اور میری بیٹی کے ماتھے کو چوم لے گا۔ میں اسی سے شہزادی کی شادی کر دوں گا۔ اور آدھی حکومت بھی جہیز میں دے دوں گا۔

سب بہادر جوان چھلانگ لگانے کی کوشش کرنے لگے۔ مگر کہاں مینار بہت اونچا تھا۔ وہاں تک پہنچنا بہت مشکل تھا۔ ایوان کے بھائیوں نے بھی قسمت آزمائی مگر آدھے راستے بھی نہ پہنچ سکے۔ پھر ایوان کی باری

آئی اس نے جادوئی گھوڑے کو ایڑ لگائی۔ گھوڑا ہنہنایا۔ زور لگایا اور چھلانگ لگادی۔ مگر دس محرابوں تک ہی پہنچ پایا۔ دو محرابیں رہ گئیں اس نے پھر ایڑ لگائی دوبارہ چھلانگ ماری اس بار صرف ایک محراب کی اونچائی رہ گئی۔ تب اس نے تیسری بار گھوڑے کو ایڑ لگائی۔ ایک چکر لگایا گھوڑے کو جوش دلایا اور چھلانگ لگادی۔ آگ کے شعلے کی طرح گھوڑا لپک کر کھڑکی تک پہنچ گیا۔ ایوان نے شہزادی کا ماتھا چوما اور شہزادی نے جلدی سے اس کے ماتھے پر شاہی انگوٹھی کی مہر لگادی۔

نیچے سب لوگ چلانے لگے۔

پکڑو۔ پکڑو۔

مگر ایوان اتنی تیز بھاگا کہ اس کی دھول بھی نہیں ملی کسی کو۔۔ وہ گھوڑے پر سوار کھلے میدان میں آیا۔ جادوئی گھوڑے کے بائیں کان میں گھسا اور دائیں سے باہر نکل آیا۔ تب پھر وہی بے وقوف ایوان بن گیا۔ گھوڑے کو چھوڑا اور خود گھر چل دیا۔ ہاں راستے میں جنگل سے ڈھیر سے پھل توڑنا نہیں بھولا۔

گھر پر آکر ماتھے پر پٹی باندھی اور آتش دان کے پاس لیٹ گیا تھوڑی دیر میں دونوں بھائی بھی واپس آگئے اور لگے بتانے کہاں گئے تھے اور کیا دیکھا تھا وہ بولے۔

واہ واہ کیا جوان جمع ہوئے تھے وہاں۔ مگر ایک تو سب سے زیادہ بہادر تھا۔ اس نے چھلانگ مار کر شہزادی کے ماتھے کو چوم ہی لیا۔ لوگوں نے یہ تو دیکھا تھا کہ کدھر سے آیا تھا، وہ مگر کدھر گیا یہ کسی نے نہیں دیکھا۔ ایوان آتش دان کے پاس سے بولا۔

کہیں وہ میں تو نہیں تھا۔

بھائی آگ بگولہ ہو گئے۔

تو بے وقوف ہے اور بے وقوفی کی باتیں بھی کرتا ہے۔ ارے تو تو بس آگ کے پاس بیٹھا رہ اور پھل کھاتا رہ۔

ایوان نے چپکے سے ماتھے کی پٹی کھول دی جہاں شہزادی نے اپنی انگوٹھی سے اس کے ماتھے پر مہر لگائی تھی۔ ایسا کرنا تھا کہ ساری جھونپڑی روشنی سے جگمگا اٹھی۔

دونوں بھائی ڈر گئے اور چلانے لگے۔

"ارے بے وقوف یہ کیا کر رہا ہے۔ کیا جھونپڑی میں آگ لگانے کا ارادہ ہے؟"

دوسرے دن بادشاہ نے سب کو اپنے یہاں دعوت میں بلایا۔ سب کو آنا تھا۔ شہزادہ ہو یا نواب۔ غریب ہو یا امیر۔ عام ہو یا خاص بڈھا ہو یا جوان۔

ایوان کے بھائی بادشاہ کے یہاں دعوت میں جانے کی تیاری کرنے لگے ایوان بولا۔

بھائیوں مجھے بھی اپنے ساتھ لے چلو نا۔

ارے بے وقوف تو کہاں جائے گا۔ سب کو ہنسانے اپنے اوپر۔ تو تو بس آگ کے پاس بیٹھا رہ اور پھل کھاتا رہ۔

پھر دونوں بھائی گھوڑے پر بیٹھے اور چل دیئے۔ ایوان پیدل ہی نکل پڑا۔ وہ بادشاہ کے یہاں آیا۔ اور ایک کونے میں بیٹھ گیا۔

شہزادی نے سارے مہمانوں کا معائنہ کرنا شروع کیا۔ وہ ہر ایک

کے پاس شہد سے بھرا پیالہ لاتی۔ اور غور سے دیکھتی کہ کس کے ماتھے پر اس کی مہر لگی ہے جب سارے مہمانوں کو دیکھ چکی تو آخر میں ایوان کے پاس آئی۔ آتے ہی اپنے آپ اس کا دل دھڑکنے لگا۔ جب اس پر نظر پڑی تو کیا دیکھتی ہو کہ دھول میں اٹا الجھے بالوں والا ایک نوجوان بیٹھا ہے۔

شہزادی نے اس سے پوچھا۔

کون ہو تم کہاں سے آئے ہو اور ماتھے پر پٹی کیوں بندھی ہوئی ہے؟

چوٹ لگ گئی ہے۔ ایوان نے جواب دیا۔

اچانک شہزادی نے پٹی کھینچ لی۔ ایسا کرنا تھا کہ پورے دربار میں روشنی پھیل گئی۔ تب تو شہزادی چلا پڑی۔

یہی ہے میری مہر۔ اور یہی ہے میرا ہونے والا شوہر۔

اتنے میں بادشاہ اس کے پاس آگیا اور بولا۔

کہاں کا شوہر۔ ارے یہ تو پاگل ہے پاگل۔ پورا دھول میں اٹا ہوا ہے۔

اس پر ایوان بادشاہ سے بولا۔

مجھے منہ ہاتھ دھونے کی مہلت دیجیے۔

بادشاہ نے اجازت دے دی۔

تب ایوان باہر آیا۔ اور جیسا اس کے باپ نے سکھایا تھا، زور زور سے کہنے لگا "انتر منتر چھو منتر اے جادو کے گھوڑے فوراً میرے سامنے کھڑا ہو جا جیسے گھاس کے سامنے پتی"

نہ جانے کدھر سے گھوڑا دوڑتا ہوا آیا، زمین ہلنے لگی۔ اس کی آنکھوں سے آگ نکل رہی تھی۔ اور کانوں سے دھواں نکل رہا تھا۔ ایوان اس کے

دائیں کان میں گھسا اور بائیں سے باہر آگیا۔ پھر تو وہ اتنا خوبصورت شہزادہ لگنے لگا کہ نہ تو زبان بیان کر سکتی ہے اور نہ قلم لکھ سکتا ہے اور نہ کوئی سوچ سکتا ہے۔ سب لوگ واہ واہ کرنے لگے۔

اور پھر آگے کیا بتائیں۔ یہی دعوت شادی کی دعوت میں بدل گئی اور سب خوشیاں منانے لگے۔

۔ ❀ ــــــــــــ ❀ ۔۔ ❀ ــــــــــــ ❀ ۔

چت کبری گائے

دنیا میں بھلے لوگ بھی ہوتے ہیں اور برے بھی ۔ مگر کچھ لوگ ایسے ہوتے ہیں کہ اپنے سگے بھائی کے ساتھ بھی بھلائی نہیں کر سکتے۔

ایسے ہی لوگوں کے ہاتھ ایک چھوٹی سی لڑکی خورد شیچکا لگ گئی ۔ وہ ایک یتیم لڑکی تھی۔ اس کے ماں باپ نہیں تھے۔ یہ لوگ اسے اپنے گھر لے آئے۔ کھلایا پلایا اور جب ذرا بڑی ہوگئی تو ہزاروں کام اس سے لینے لگے۔ وہ بنائی بھی کرتی تھی۔ اور سوت بھی کاتتی تھی۔ گھر کی صفائی کے علاوہ دوسرے سینکڑوں کام اس کے ذمے تھے۔

مالکن کی تین لڑکیاں تھیں سب سے بڑی کا نام تھا ایک آنکھ والی، منجھلی کا نام تھا دو آنکھ والی۔ اور سب سے چھوٹی تین آنکھ والی کہلاتی تھی۔

تینوں بہنیں سارا سارا دن دروازے پر بیٹھی رہتیں۔ اور سڑک پر آتے جاتے لوگوں کو دیکھا کرتیں ۔ بے چاری خورد شیچکا ان کے کام کیا کرتی۔ ان کے کپڑے سیتی۔ ان کے بدلے کتائی کرتی۔ بنائی کرتی، پھر بھی کوئی اس سے سیدھے منہ بات نہیں کرتا تھا۔

اس کی ایک چت کبری گائے تھی۔ جسے وہ بہت چاہتی تھی اکثر جب

وہ کھیت پر جاتی تو گائے سے لپٹ جاتی اس کی گردن میں ہاتھ ڈال کر اپنے دل کا حال کہتی۔ کتنی بد نصیب تھی وہ۔

گائے ماں۔ وہ لوگ مجھے مارتے ہیں، ڈانٹتے ہیں کھانے کو نہیں دیتے رونے پر اور مارتے ہیں۔ آج کہا ہے کہ کل تک میں پانچ گٹھڑ سوت کاتوں بنوں اور رنگوں پھر اس کے گوٹے بھی بناؤں۔

اس پر گائے بولی۔

نیک لڑکی۔ تم ایسا کرو۔ تم میرے ایک کان سے اندر گھسو اور دوسرے سے باہر آجاؤ۔ تمھارا سب کام ہو جائے گا۔

لڑکی نے ایسا ہی کیا۔ گائے کے ایک کان سے وہ اندر گئی اور دوسرے سے باہر نکل آئی۔ باہر آکر دیکھا تو سب کچھ تیار تھا۔ سوت کت بھی گیا تھا اور رنگا بھی تھا، گوٹے بھی بن گئے تھے۔

ان گوٹے کر جب وہ اپنی مالکن کے پاس گئی تو اس نے گوٹے دیکھے تھوڑا کھنکھاری اور انھیں صندوق میں رکھ دیا۔ پھر بے چاری لڑکی کو اور زیادہ کام دے دیا۔

وہ پھر گائے کے پاس آئی اور لپٹ گئی۔ اس کو تھوڑا سہلایا پھر ایک کان سے اندر گئی اور دوسرے سے باہر آگئی۔ سب کچھ تیار تھا۔ وہ مالکن کے پاس لے آئی۔

تب تو مالکن کو شک ہو گیا۔ ایک دن اس نے اپنی بڑی لڑکی ایک آنکھ والی کو بلایا اور بولی۔

میری پیاری بیٹی۔ میری لاڈلی جاؤ اور پتہ لگاؤ کہ اس بے ماں باپ کی لڑکی کی کون مدد کرتا ہے۔ کون سوت کاتتا ہے بنتا ہے اور گوٹے

بناتا ہے؟

اتنا سن کر ایک آنکھ والی خورد شیجکا کے ساتھ جنگل گئی۔

مگر جب کھیت پر پہنچی تو ماں کا حکم بھول گئی۔ سورج کی دھوپ کھانے کے لیے گھاس پر لیٹ گئی۔ تب خورد شیجکا لوری گانے لگی۔

اکلوتی آنکھ سوجا۔ ایک آنکھ سوجا۔ اس طرح اکلوتی آنکھ والی کی ایک آنکھ سوگئی۔ اور جب وہ سو رہی تھی تو گائے نے سوت کات دیا۔ رنگ دیا اور گولے بنا دیئے۔

اس طرح مالکن کو پتہ نہیں چل سکا۔ پھر اس نے اپنی دوسری بیٹی دو آنکھ والی کو بھیجا۔

میری پیاری بیٹی۔ میری لاڈلی بیٹی، ذرا جا کر پتہ لگاؤ کہ اس کم بخت کی کون مدد کرتا ہے؟

دو آنکھ والی خورد شیجکا کے ساتھ گئی۔ مگر وہاں جا کر بھول گئی کہ ماں نے کیا کہا تھا۔ دھوپ کھانے لگی۔ اور گھاس پر لیٹ گئی تب خورد شیجکا لوری گانے لگی۔

سو جا ایک آنکھ۔ سو جا دوسری آنکھ۔

اس طرح دو آنکھ والی بھی بالکل غافل سو گئی۔ اتنی دیر میں گائے نے سوت کاتا، رنگا اور گولے بنا دیئے۔ دو آنکھ والی سوتی ہی رہ گئی۔ وہ بھی کچھ پتہ نہ لگا سکی۔ بوڑھیا کو بڑا غصہ آیا۔ تیسرے دن اس نے اپنی سب سے چھوٹی بیٹی تین آنکھ والی کو بھیجا۔ خورد شیجکا کو اور زیادہ کام بھی دے دیا۔

تین آنکھ والی ادھر ادھر اچھلتی کودتی رہی پھر دھوپ کھانے لگی اور تھوڑی دیر میں گھاس پر گر گئی۔ خورد شیجکا پھر لوری گانے لگی۔

ایک آنکھ سو جا۔ دوسری آنکھ سو جا۔

مگر تیسری آنکھ کے بارے میں وہ بالکل ہی بھول گئی۔

تین آنکھ والی کی دو آنکھیں تو سو گئیں۔ مگر تیسری آنکھ جاگتی رہی اور سب کچھ دیکھتی رہی۔ کہ کس طرح خورد شیکا گائے کے ایک کان کے اندر گھسی اور دوسرے کان سے باہر نکلی اور گولے تیار ملے۔

جب تین آنکھ والی گھر آئی تو اس نے سارا قصہ ماں کو سنایا۔ بوڑھیا بہت خوش ہوئی۔ دوسرے دن وہ اپنے شوہر کے پاس گئی اور اسے حکم دیا۔

چت کبری گائے کو کاٹ ڈالو۔

بڈھا ہکا بکا رہ گیا۔

اے بوڑھیا تجھے کیا ہو گیا ہے۔ ہوش میں تو ہے؟ اتنی اچھی اور کرڈیل گائے کو کاٹنے کو کہہ رہی ہے۔

میں نے کہا نہ کہ کاٹ ڈالو اسے۔

بڑی مجبوری تھی۔ بے چارہ بڈھا چھری تیز کرنے لگا۔ جب خورد شیکا کو اس کا پتہ چلا تو وہ دوڑی دوڑی کھیت پر گئی۔ اور چت کبری گائے کو لپٹا لیا۔

گائے ماں وہ تمھیں کاٹنے آ رہے ہیں۔

اس پر گائے بولی۔

کوئی بات نہیں بیٹی تم میرا گوشت مت کھانا۔ میری ہڈیوں کو ایک رومال میں جمع کر لینا اور ان کو باغ میں گاڑ دینا۔ مجھے ہمیشہ یاد کر لیا کرنا۔ اور ہاں ہر صبح جہاں میری ہڈیاں گڑی ہوئی ہوں۔ وہاں پانی برابر ڈالتی رہنا۔

بڈھے کو گائے کاٹنا پڑی۔ خورد شیکا نے ویسا ہی کیا جیسا گائے نے اسے بتایا تھا۔ وہ بھوک سے تڑپتی رہی مگر گائے کا گوشت منہ تک نہیں لے

گئی۔ پھر اس کی ساری ہڈیاں جمع کیں اور صبح باغ میں ان پر پانی ڈالتی رہی۔۔

کچھ دنوں میں جہاں گائے کی ہڈیاں گڑی تھیں وہاں سیب کا ایک پیڑ نکل آیا۔ بڑا ہی عجیب و غریب پیڑ تھا وہ۔ اس پر دھاری دار سیب لگتے تھے پتے تو سونے کے تھے۔ اور شاخیں چاندی کی۔ جو بھی اس راستے سے گذرتا اس پیڑ پر نظر ضرور پڑتی اس کی۔ اور جو پاس آتا رک جاتا۔

ایسے ہی کافی دن گذر گئے۔ ایک دن کی بات ہے تینوں بہنیں ایک آنکھ والی، دو آنکھ والی اور تین آنکھ والی باغ میں ٹہل رہی تھیں کہ ادھر سے ایک بہت بہادر آدمی گذرا۔ امیر بھی تھا۔ گھنگھرالے بال تھے اور جوان بھی تھا۔

اس نے جب دھاری دار سیب باغ میں دیکھے تو وہ تینوں لڑکیوں سے بولا۔

اے خوب صورت لڑکیوں۔ تم تینوں میں سے جو بھی مجھے سیب توڑ کر لا دے گا۔ میں اسی سے شادی کروں گا۔

تینوں ایک دوسرے کو ڈھکیلتی سیب توڑنے بھاگیں۔

مگر وہی سیب جو ابھی تک بہت نیچے لٹک رہے تھے۔ جنہیں ذرا سا ہاتھ بڑھا کر توڑا جا سکتا تھا بہت اونچے ہو گئے۔ اتنے اونچے کہ ہاتھ تو کیا سر بھی نہیں پہنچ سکتا تھا۔

تینوں بہنوں نے اچک کر سیب توڑنا چاہا۔ مگر پیڑ کی پتیاں آنکھوں میں ان کے چبھنے لگیں۔ توڑنا چاہا تو شاخوں کے کانٹے لگنے لگے۔ کیا کچھ نہیں کیا انھوں نے۔ اچھلیں کودیں۔ لہو لہان ہو گئیں مگر سیب ہاتھ نہیں لگا۔

تب خورشیدکا پیڑ کے پاس آئی۔ تو پیڑ کی ڈال اس کے آگے جھک

گئی۔ اور سیب خود بخود اس کے پاس آگیا۔ اس نے اس بہادر آدمی کو سیب کھلائے۔ تب وعدے کے مطابق اس نے خوشیچکا سے شادی کر لی۔ اور دونوں خوشی خوشی رہنے لگے۔

سونے کی کلغی والا مرغ

کسی شہر میں ایک بوڑھا اور بوڑھیا رہتے تھے۔ وہ دونوں بہت ہی غریب تھے کھانے کو گیہوں کا ایک دانہ بھی نہ تھا۔ تب وہ جنگل گئے اور وہاں سے خوب ڈھیر سے بلوط کے بیج جمع کر کے لائے۔ انھوں نے کھانا شروع کیا۔ کھا ہی رہے تھے کہ پتہ نہیں کیسے بوڑھیا کے ہاتھ سے ایک بیج زمین پر گر پڑا۔ اور وہ اندر دھنستا چلا گیا۔ تھوڑے دنوں میں اس بیج سے پودا نکل آیا۔ پھر فرش سے اونچا ہونے لگا۔ جب بوڑھیا کی نظر پڑی تو وہ شوہر سے بولی۔

فرش کو کاٹنا چاہیئے تاکہ پیڑ اور بڑا ہو جائے۔ کیوں کہ جب وہ بڑا ہو جائے گا تو اناج کے لیے ہم کو جنگل نہیں جانا پڑے گا۔ یہیں جھونپڑی میں توڑ کر کھا لیا کریں گے۔

بڈھے نے فرش کاٹ دیا۔ پیڑ بڑا ہوتا گیا اور بڑھتے بڑھتے چھت سے جا لگا۔ بڈھے نے چھت بھی کاٹ دی۔ پھر کھپریل بھی اتار دیا۔ مگر پیڑ تھا کہ بڑھتا ہی جا رہا تھا، رکنے کا نام ہی نہیں لیتا تھا یہاں تک کے آسمان تک پہنچ گیا۔

جب ان دونوں کے پاس کھانے کو کچھ نہیں رہا تو بڈھے نے ایک بورا

لیا اور پیڑ پر چڑھ گیا۔ چڑھتا رہا، چڑھتا رہا اور آسمان تک پہنچ گیا۔ وہاں آسمان پر وہ ادھر ادھر گھومنے پھرنے لگا۔ پھر اسے سونے کی کلغی والا ایک مرغ نظر آیا۔ اور اس کے پاس ایک چکی رکھی ہوئی تھی۔ بڈھے نے فیصلہ کرنے میں دیر نہیں کی۔ اس نے فوراً مرغے کو پکڑا، چکی لی اور نیچے اترنے لگا۔ جب جھونپڑی میں پہنچا تو بیوی سے بولا۔

اب کیا کریں۔ ہم کھائیں گے کیا؟

ذرا ٹھہرو۔ بوڑھیا بولی۔ میں چکی چلاتی ہوں۔

اس نے چکی چلانا شروع کی... یہ کیا اس میں سے تو پکے پکائے کیک اور پراٹھے نکلنے لگے دونوں نے خوب پیٹ بھر کر کھایا۔

اسی وقت پاس سے ایک امیر آدمی گذر رہا تھا۔ وہ ان کی جھونپڑی میں آیا۔ اور بولا۔

تمھارے پاس کچھ کھانے کو ہوگا؟

بوڑھیا نے جواب دیا۔

بیٹے تم کو کیا چاہیئے، پراٹھے کھاؤ گے؟

پھر اس نے چکی اٹھائی اور چلانا شروع کی۔ فوراً ہی کیک اور پراٹھے نکلنا شروع ہو گئے۔

امیر آدمی نے خوب کھایا اور بولا۔

نانی ماں۔ یہ چکی میرے ہاتھ بیچ دو۔

نہیں۔ وہ بولی۔ میں اسے نہیں بیچوں گی

اس نے ان کی مہربانی کا فائدہ اٹھایا اور رات میں چکی چرا لی۔ جب ان دونوں کو پتہ چلا کہ ان کی چکی چرالی گئی ہے تو انھیں بہت افسوس ہوا۔ اور

روتے پیٹنے لگے۔

ٹھہرو۔ سونے کی کلغی والا مرغ بولا۔ میں اڑ کر جاتا ہوں اور اسے پکڑتا ہوں۔

پھر وہ امیر آدمی کے محل پر پہنچا، پھاٹک پر بیٹھ گیا اور زور زور سے چلانے لگا۔

ککڑوں کوں، ککڑوں کوں۔ امیر آدمی او امیر آدمی ہماری چکی واپس کردو۔ جو سونے کی نیلے رنگ کی ہے۔

جب اس آدمی نے یہ سنا تو اس نے حکم دیا۔

اس مرغ کو فوراً پکڑو اور پانی میں پھینک دو۔

مرغ کو پکڑا گیا اور اسے ایک کنویں میں پھینک دیا گیا۔ تب وہ بولا۔

ناک او ناک پانی پی لو۔ منھ او منھ پانی پی لو۔ اور اس طرح سے کنویں کا سارا پانی ختم ہو گیا۔

سارا پانی پیا اور پھر محل کی طرف اڑ گیا۔ بالکنی پر بیٹھا۔ اور پھر زور زور سے چلانے لگا۔

ککڑوں کوں، ککڑوں کوں۔ امیر آدمی او امیر آدمی ہماری چکی واپس کرو۔ سونے کی۔ نیلی۔ واپس کرو۔ ہماری چکی، سونے کی نیلی۔ امیر آدمی۔ او امیر آدمی

تب اس آدمی نے اپنے باورچی کو حکم دیا کہ اسے جلتی آگ میں پھینک دیا جائے۔ مرغ کو پکڑا گیا اور اسے جلتی آگ میں پھینک دیا گیا۔ وہ آگ کے بیچ و بیچ جا کر گرا۔ تب وہ وہاں بولنے لگا۔

ناک اور ناک پانی اگلو۔ منھ او منھ پانی اگلو۔ اور اس طرح سے پانی گرا۔ اور چولھے کی ساری آگ بجھ گئی۔ مرغ کے پر پھڑپھڑائے وہ محل کی طرف

اڑا اور زور زور سے چلانے لگا۔

ککڑوں کوں، ککڑوں کوں۔ امیر آدمی اوامیر آدمی۔ ہماری چکی واپس کرو۔ سنہری اور نیلی۔ ہماری چکی واپس کرو۔ سونے کی نیلی۔ امیر آدمی او امیر آدمی۔

ٹھیک اسی وقت، امیر آدمی کے گھر دعوت ہو رہی تھی۔ مہمانوں نے سنا کہ مرغ کیا کہہ رہا ہے۔ تو وہ فوراً وہاں سے بھاگ کھڑے ہوئے۔ امیر آدمی ان کے پیچھے پیچھے دوڑا۔ پھر مرغ نے جلدی سے چکی اٹھائی اور گھر کی طرف اڑ گیا۔

بارہ مہینے

بچو! کیا تم جانتے ہو کہ سال میں کتنے مہینے ہوتے ہیں۔

"بارہ"

کیا نام ہیں ان کے۔؟

"جنوری، فروری، مارچ، اپریل، مئی، جون، جولائی، اگست، ستمبر، اکتوبر، نومبر، دسمبر۔"

جیسے ہی ایک مہینہ ختم ہوتا ہے فوراً ہی دوسرا مہینہ شروع ہو جاتا ہے۔ ایسا کبھی نہیں ہوا کہ جنوری ختم ہونے سے پہلے ہی فروری آجائے۔ یا مئی کا مہینہ اپریل سے پہلے آجائے۔ مگر لوگ بتاتے ہیں کہ ایک لڑکی تھی جس نے ان بارہ مہینوں کو ایک ساتھ دیکھا تھا۔

یہ کیسے ہوا۔ لو سنو۔

بہت پہلے ایک چھوٹے سے گاؤں میں ایک عورت اپنی بیٹی زوریا کے ساتھ رہتی تھی۔ اس کی ایک سوتیلی بیٹی، ماشا بھی تھی، ان کے باپ مر چکے تھے۔ زوریا تو سارا دن لیٹی رہتی تھی اور مٹھائی کھاتی رہتی تھی جب کہ ماشا کو کام کرنا پڑتا تھا۔ پانی بھر بھر کر لاتی، کھانا پکاتی اور برتن دھوتی اس کے پاس نہ تو اچھے

کپڑے تھے اور نہ گرم، جاڑوں میں وہ ٹھنڈ سے اکڑتی تھی۔ گرمی میں تپتی تھی، بسنت میں ہوا لگتی تھی۔ اور برسات میں پانی میں بھیگتی تھی۔ ہوسکتا ہے اسی وجہ سے اسے بارہ مہینوں کو ایک ساتھ دیکھنے کا موقع ملا ہو۔

جاڑے کا زمانہ تھا، جنوری کا مہینہ سڑکوں اور جنگل میں چاروں طرف برف ہی برف تھی۔ کڑاکے کی ٹھنڈک پڑ رہی تھی۔ ایسے موسم میں سوتیلی ماں نے ماشا سے کہا "سنو کل تمھاری بہن زویا کی سالگرہ ہے، جنگل میں جاؤ اور پھول لے کر آؤ"

اس بچی نے سوتیلی ماں کی طرف دیکھا اور سوچنے لگی ماں شاید مذاق کر رہی ہے "آج کل کیسے پھول؟ روس میں تو جاڑے میں پھول ہوتے ہی نہیں اور مارچ سے پہلے ان کے ہونے کا سوال ہی نہیں اٹھتا۔ میں تو جنگل میں جاڑے سے مر جاؤں گی۔

پھر سوتیلی بہن بولی "جاؤ جا کر پھول لاؤ اگر تم جاڑے سے مر بھی گئیں تو کون بیٹھا ہے تمھارے لیے رونے والا، بنا پھول لیے گھر واپس مت آنا، یہ لو ٹوکری۔

لڑکی رو پڑی مگر کوئی چارہ نہ تھا۔ اس نے اپنا پھٹا کوٹ پہنا اور گھر سے نکل پڑی۔ تیز ہوائیں چل رہی تھیں۔ اور برف گر رہی تھی۔ چاروں طرف اندھیرا بڑھتا ہی جا رہا تھا۔

ماشا جنگل تک پہنچ گئی۔ مگر وہاں تو اندھیرا گھپ تھا۔ راستہ تک نظر نہیں آ رہا تھا۔ تب وہ ایک پیڑ سے ٹیک لگا کر بیٹھ گئی۔ اچانک بہت دور پر آگ جلتی ہوئی دکھائی دی۔ وہ اٹھی اور اس طرف چل دی۔ جدھر وہ آگ نظر آ رہی تھی۔ وہ پیڑوں کو پکڑے پکڑے چلنے لگی۔ بار بار گرتی مگر پھر اٹھ کر چلنے

لگتی، آگ پاس آتی جارہی تھی۔ اور اس کے چاروں طرف لوگ بیٹھے تھے اس نے جب گنا تو وہ بارہ تھے۔ کچھ جوان تھے اور کچھ بوڑھے۔ جوان آگ کے بہت پاس بیٹھے تھے۔ اور بوڑھے اس سے دور تھے۔ وہ سب آہستہ آہستہ باتیں کر رہے تھے

اچانک ایک بوڑھے نے جو قد میں سب سے اونچا تھا۔ ادھر ادھر دیکھا اور پھر اس کی نظریں ایک طرف جم گئیں۔ جہاں پیڑ سے ٹیک لگائے ماشا بیٹھی تھی۔ اسے اپنی طرف دیکھتے ہوئے وہ ڈر گئی۔ اور وہاں سے بھاگنا چاہا۔ مگر اب دیر ہو چکی تھی۔ بوڑھے نے پوچھا کون ہو تم اور یہاں جنگل میں کیا کر رہی ہو!"
لڑکی نے اپنی خالی ڈگری دکھائی اور بولی: جنگل میں پھول لینے آئی ہوں۔"

بوڑھا ہنس پڑا اور بولا۔ پھول اور وہ بھی جنوری میں؟
ماشا نے کہا: میری سوتیلی ماں نے مجھے پھول لینے جنگل بھیجا ہے اور حکم دیا ہے کہ بغیر پھول لیے میں گھر واپس نہ آؤں۔
مگر پھول تمہیں ملیں گے کہاں سے؟ ابھی تو جنگل میں ایک پھول بھی نہیں ہے۔ اور مارچ سے پہلے ہوں گے بھی نہیں، کیا کروگی تم تب تک؟"
تب تک میں جنگل میں ہی رہوں گی اور مارچ کا انتظار کروں گی۔ پھولوں کے بغیر میں گھر واپس نہیں جا سکتی۔" ماشا بولی اور رو پڑی۔
تب ان میں سے ایک شخص جو سب سے کم عمر اور زندہ دل تھا، بوڑھے کے پاس آکر بولا: بھائی جنوری تم مجھے صرف ایک گھنٹہ کے لیے اپنی جگہ دے دو۔"
"میں تو دے سکتا ہوں" بوڑھے نے کہا۔ مگر فروری بارچ سے پہلے آتا ہے "دے دو۔" بوڑھا فروری بھی بولا۔ میں برا نہیں مانوں گا۔ ہم سب ماشا کو اچھی

طرح جاتے ہیں اور اکثر اس سے ملاقات ہوتی رہتی ہے۔ کبھی کھیت میں کبھی ندی پر۔

"ٹھیک ہے۔" جنوری بولا۔ اور اس نے فروری کو وہ چھڑی دے دی جو وہ اپنے ہاتھ میں تھامے تھا۔ فروری کے ہاتھ میں چھڑی آتے ہی جنگل میں ٹھنڈی ہوائیں چلنے لگیں۔ اور برف اڑنے لگی پھر فروری نے وہ چھڑی چھوٹے بھائی کو دے دی اور بولا۔ اب تمھاری باری ہے بھائی مارچ، اس نے جیسے ہی چھڑی کو ہاتھ میں لیا۔ فوراً ہی جنگل سے برف غائب ہو گئی اور پیڑوں پر ہری ہری پتیاں نکل آئیں اور میدان میں بسنت کے پھول کھل اٹھے۔

ماشا نے پوری ٹوکری ان پھولوں سے بھرلی۔ سب کا شکریہ ادا کیا اور گھر کی طرف چل دی۔

اسے دیکھ کر سوتیلی ماں اور بہن نے پوچھا "تم گھر کیسے واپس آئیں پھول کہاں ہیں؟ ماشا کچھ نہیں بولی۔ اس نے چپ چاپ ٹوکری میز پر رکھ دی جو رنگ برنگے پھولوں سے بھری ہوئی تھی۔ اس کی سوتیلی ماں اور بہن دونوں کو بڑا تعجب ہوا۔ کیوں کہ وہ تو سوچے بیٹھی تھیں کہ ماشا ٹھنڈ سے اکڑ کر مر جائے گی اور اس کا زندہ واپس آنا اور وہ بھی پھولوں کے ساتھ انھیں اچھا نہیں لگا۔

"اتنے کڑاکے کی سردی میں تمھیں پھول کہاں سے ملے۔" ان دونوں نے پوچھا۔ ماشا نے مہینوں سے اپنی ملاقات کا حال بتایا تب اس کی بہن رو دیا بولی "میں بھی جنگل جاؤں گی۔ اور ان سے تحفے لے کر آؤں گی۔" اس نے خوب گرم کوٹ پہنا اور جنگل کی طرف چل پڑی۔ جلد ہی وہ اس میدان میں پہنچ گئی۔ ماشا نے جیسا بتایا تھا۔ ویسے ہی بیچ میدان میں آگ جل رہی تھی اور اس کے چاروں طرف وہ بارہ بھائی یعنی بارہ مہینے بیٹھے ہوئے تھے وہ اکڑ اکڑ کر جلتی ہوئی آگ

کے پاس وہ آئی۔ کسی کو سلام نہیں کیا اور گرم جگہ ڈھونڈ کر وہاں بیٹھ گئی۔

جنوری نے اس سے پوچھا: "کون ہو تم کہاں سے آئی ہو؟"

"کہاں سے کیا، اپنے گھر سے آئی ہوں۔" اس نے جواب دیا۔

آج تم نے میری بہن کو پھولوں سے بھری ٹوکری دی تھی۔ میں بھی تحفے لینے آئی ہوں۔ میں چاہتی ہوں کہ جون مجھے خوب صورت پھل دے، جولائی مجھے تازہ ترکاریاں دے اور ستمبر.....

"ٹھہرو۔" جنوری بولا۔ گرمی بسنت کے بعد آتی ہے اور بسنت جاڑے کے بعد اس وقت جنگل کا مالک میں ہوں۔

"کتنا مغرور ہے یہ بڈھا۔" زویا نے بدتمیزی سے جواب دیا۔ میں تمھارے پاس نہیں آئی ہوں۔ میں تو گرمی کے مہینوں کے پاس آئی ہوں۔ یہ سن کر جنوری کو غصہ آگیا۔ اور اس نے چھڑی اوپر اٹھائی۔ ایسا کرتے ہی تیز ہوا چلنے لگی، برف گرنے لگی اور چاروں طرف اندھیرا چھا گیا۔ زویا نے بھاگنے کے لیے قدم اٹھائے ہی تھے کہ برف میں گر پڑی اور اسی کے نیچے دب گئی۔ اس طرح اس جنگل میں وہ دفن ہو گئی۔

ادھر ماں گھر پر بیٹی کا انتظار کر رہی تھی۔ کبھی کھڑکی سے جھانکتی تھی، کبھی دروازے سے مگر زویا کا کہیں پتہ نہ تھا۔ پریشان ہو کر اس نے کپڑے پہنے اور جنگل کی طرف چل دی۔ چلتی رہی، چلتی رہی اور اپنی بیٹی کو ڈھونڈتی رہی۔ مگر بیٹی تو کیا اس کے قدموں کے نشان بھی نہ ملے۔ اور وہ بھی برف کے نیچے دب کر جنگل میں دفن ہو گئی۔

مگر ماشا بہت دنوں تک زندہ رہی۔ بڑی ہو گئی، اس کی شادی ہوئی اور وہ کئی بچوں کی ماں بنی۔ اس کے گھر کے چاروں طرف ایک بڑا باغ تھا جس

میں سب باغوں سے پہلے پھل لگا کرتے تھے۔ پھول کھلا کرتے تھے۔ گرمی میں ٹھنڈک اور جاڑوں میں خاموشی رہتی تھی۔ لوگ کہا کرتے تھے کہ ماشا کے یہاں تو بارہ مہینے ایک ساتھ آتے ہیں۔ کون جانے، ہو سکتا ہے یہی بات ہو۔

واہ، واہ خرگوش

ایک بار ایک خرگوش بھیڑیے کی پکڑ میں آ گیا۔ بس ہونے والی بات تھی۔ وہ بھیڑیے کے بھٹ سے کچھ دوری پر بھاگ رہا تھا کہ بھیڑیے نے اس کو دیکھ لیا اور چلا کر بولا "ننھے خرگوش ذرا ٹھہر تو پیارے۔"

لیکن خرگوش اس کی آواز پر نہیں رکا بلکہ اور تیز تیز قلانچیں بھرنے لگا۔ جس پر بھیڑیے نے صرف تین قلانچوں میں اسے جا پکڑا۔ اور بولا تم چونکہ میری پہلی آواز پر نہیں رکے اس لیے تمہاری سزا ہے کہ تمہارا پیٹ پھاڑ دیا جائے گا۔ مگر ابھی میرا پیٹ بھرا ہے اور میری گھر والی کا بھی۔ پھر ہمارے پاس ابھی چار یا پانچ دن کی خوراک بھی رکھی ہوئی ہے۔ اس لیے تم جھاڑی کے پاس بیٹھو اور انتظار کرو۔

یا پھر ہو سکتا ہے۔۔۔۔کہ۔۔۔۔ ہا ہا۔۔۔۔ میں تم کو معاف بھی کر دوں۔

بے چارہ خرگوش اپنی پچھلی ٹانگوں پر دم سادھ کر بیٹھ گیا۔ اسے تو بس ایک خیال ستا رہا تھا۔ کچھ دنوں یا ہو سکتا ہے کہ کچھ گھنٹوں میں اس کی قربانی کا وقت آ جائے جب وہ ادھر نظر ڈالتا جدھر بھیڑیے کا بھٹ تھا۔ تو بھیڑیے کی چمکیلی آنکھیں اسے گھورتی نظر آئیں۔ دوبارہ دیکھتا تو اور برا حال ہوتا۔

جب بھیڑیا اور اس کی مادہ میدان میں گھومنا شروع کرتے اور اس کی طرف دیکھتے بھیڑیا نہ جانے اپنی زبان میں مادہ سے کیا کہتا اور پھر دونوں اپنی آواز میں ہواہو، ہواہو، کہنے لگتے۔ ان کے پیچھے پیچھے بھیڑیے کے بچے آتے اور خرگوش سے چھیڑ چھاڑ کرتے۔ سہلاتے، چھوٹے چھوٹے دانت اس کے پیٹ میں گاڑتے، بے چارے خرگوش کا دل حلق میں آجاتا۔ اور جان نکل جاتی۔

زندگی اسے کبھی بھی اتنی عزیز نہیں لگی تھی جتنی اب لگنے لگی تھی۔ وہ ایک کھاتے پیتے گھرانے کا خرگوش تھا۔ ایک بیوہ خرگوشنی کی بیٹی سے شادی کرنا چاہتا تھا۔ اور اس وقت وہ اسی بے چاری کے پاس دوڑا چلا جا رہا تھا۔ کہ کم بخت بھیڑیے نے اس کی گردن دبوچ لی۔ آہ شاید میری منگیتر میرا انتظار کر رہی ہے۔ اور اتنی دیر ہونے پر سوچنے لگی ہو کہ میں کرنجی آنکھوں والا بے وفا نکلا یا ہو سکتا ہے کہ وہ اور انتظار کرے مگر پھر کسی اور کو چاہنے لگے۔ یا یہ بھی ممکن ہے کہ وہ بے چاری بھی کہیں جھاڑیوں میں کھیل رہی ہو کہ اچانک کوئی بھیڑیا اسے دبوچ لے۔

بے چارہ یہی سب کچھ سوچتا رہا اور روتا رہا۔ روتے روتے اس کی ہچکیاں بندھ گئیں۔ کیا ہی انجام ہونا تھا میرے خوابوں کا۔ میں تو شادی کی تیاریاں کر رہا تھا۔ سماور خرید لیا تھا۔ سوچا تھا کہ نئی نویلی خرگوشنی کے ساتھ شکر والی چائے پیوں گا۔ مگر اس کے بجائے یہاں پھنس گیا۔ پتہ نہیں کتنے گھنٹے کے بعد موت آکر مجھے پکڑ لے۔

ایک رات وہ بیٹھا بیٹھا اونگھنے لگا۔ خواب میں کیا دیکھتا ہے کہ بھیڑیے نے اسے اپنا نائب منتخب کر لیا ہے اور وہ ادھر ادھر جانچ پڑتال کرتا

پھر رہا ہے۔ اپنی خرگوشنی کے گھر بھی دعوت میں جاتا ہے... اچانک اس نے محسوس کیا کہ کوئی اسے ٹھونگے دے رہا ہے۔ ادھر ادھر نظر ڈالی تو دیکھا کہ اس کی خرگوشنی کا بھائی کھڑا ہے۔

وہ بولا، تمھارے غم میں تو میری بہن جان دیے دے رہی ہے جب اس کو پتہ چلا کہ تم پر یہ مصیبت آن پڑی ہے تو وہ منٹوں میں ہی سوکھ کر کانٹا ہوگئی ہے۔ اب تو بس اسے صرف ایک خیال ہی پریشان کیے ہے۔ کیا وہ تم کو ایک نظر دیکھے بغیر ہی مرجائے گی۔ اپنے پیارے سے خدا حافظ کہے بغیر۔

اس بے چارے نے جب یہ سنا تو اس کا دل ٹکڑے ٹکڑے ہو گیا۔ کھول کیا جرم تھا... اس کا جو اسے اتنی بڑی سزا مل رہی ہے۔ وہ ایک صاف ستھری زندگی گذار رہا تھا۔ کبھی قانون شکنی نہیں کی۔ ہاتھ میں کوئی ہتھیار لے کر باہر نہیں نکلا۔ وہ تو اپنے کام سے دوڑا چلا جا رہا تھا۔ کیا کچھ نہ کرنے کی ہی سزا موت ہے۔ موت ذرا سوچئے تو کیا لفظ ہے یہ بھی۔ پھر نہ صرف اس کی جائے گی بلکہ اس بے چاری بھوری خرگوشنی کی بھی۔ جس کا جرم صرف اتنا ہے کہ وہ اس.... کرنجی آنکھوں والے کو دل و جان سے چاہتی ہے۔

اگر اس کا بس چلتا تو وہ دوڑا دوڑا جاتا اور اپنے لگلے پنجوں سے اس بھوری خرگوشنی کے کان سہلاتا "چلو بھاگ چلیں" خرگوشنی کا بھائی بولا۔ یہ سن کر ایک منٹ کے لیے قیدی خرگوش کے چہرے پر خوشی کی چمک آگئی۔ قلانچ مارنے کے لیے تیار ہوگیا۔ مگر غلطی یہ ہوئی کہ اسی وقت اس نے بھیڑیے کی بھٹ کی طرف دیکھ لیا۔ غور سے دیکھا تو بے چارے خرگوش کا دل حلق میں آگیا "نہیں۔ میں ایسا نہیں کر سکتا" وہ بولا۔ بھیڑیے نے منع کیا ہے۔ بھیڑیا تو سب دیکھ اور سن رہا تھا۔ اور اپنی زبان میں ڈھیرے ڈھیرے

اپنی مادہ سے کچھ کہہ بھی رہا تھا۔ شاید خرگوش کی ایمان داری آڑے آگئی "چلو بھاگ نکلیں۔ خرگوشنی کا بھائی پھر بولا" نہیں میں ایسا نہیں کرسکتا"۔ خرگوش نے جواب دیا۔

اچانک بھیڑیا غرایا۔ یہ کیا کھسر پھسر ہو رہی ہے۔ ضرور کوئی بھاگنے کی ترکیب سوچی جا رہی ہے۔ بے چارے دونوں خرگوش دم بخود رہ گئے۔ یہ لو، دیکھی بھی لپیٹ میں آگیا۔ کیوں کہ قیدی کو بھاگنے کے لیے اکسانا قانون کے مطابق بہت بڑا جرم ہے۔ ہائے بے چاری خرگوشنی کا منگیتر تو گیا ہی تھا بھائی سے بھی ہاتھ دھو بیٹھی۔ دونوں کو بھیڑیا اور اس کی مادہ کھا جائیں گے۔ جب دونوں کے ہوش ٹھکانے ہوئے تو کیا دیکھتے ہیں کہ اس کے سامنے بھیڑیا اور اس کی مادہ دانت نکالے کھڑے ہیں۔ دونوں کی آنکھیں رات کے اندھیرے میں آگ کے انگاروں کی طرح چمک رہی ہیں۔

ہم جناب عالی۔ کچھ نہیں۔۔ آپس میں۔۔۔۔ یہ میرے علاقہ کا خرگوش ہے صرف مجھ سے ملنے آیا ہے۔ قیدی خرگوش نے ہمت کرکے اٹکتے ہوئے بتایا۔ مگر ڈر کے مارے اس کی جان نکلی جا رہی تھی۔

بس ایسے ہی۔۔۔ خوب جانتے ہیں ہم۔۔۔ اتنے سیدھے نہیں ہو جتنے لگتے ہو۔ بتاؤ کیا بات ہے۔ بھیڑیا ڈپٹ کر بولا۔ تب تو خرگوشنی کا بھائی بیچ میں بول پڑا۔ بات تو یہ ہے جناب عالی۔۔۔ کہ میری بہن، جو اس خرگوش کی منگیتر ہے اس کے غم میں مری جا رہی ہے۔ اس نے گذارش کی ہے کہ اگر مرنے سے پہلے خرگوش سے آخری بار ملنے کے لیے اسے چھوڑ دیں۔۔۔ تو۔۔۔

ہوں۔ یہ تو اچھی بات ہے کہ وہ اپنے منگیتر کو اتنا چاہتی ہے"۔ بھیڑیے کی مادہ بولی۔ اس کا مطلب ہے کہ اس کے یہاں بہت سے خرگوش پیدا ہوں گے اور

ہماری غذا میں اضافہ ہو گا۔ ہم دونوں بھی ایک دوسرے کو بہت چاہتے ہیں۔ ہمارے یہاں بھی بہت بچے ہیں۔ بھیڑیے۔او۔ بھیڑیے چھوڑ دو نا۔ خرگوش کو کہ وہ اپنی منگیتر سے مل آئے۔

مگر پرسوں تو ہماری غذا بننے کی اس کی باری ہے۔

میں... جناب عالی... تب تک واپس آجاؤں گا۔ بس گیا اور آیا۔

میں تو... خدا کی مہربانی رہی.. تو وقت پر واپس آجاؤں گا۔ قیدی خرگوش جلدی جلدی بولنے لگا۔ بھیڑیے کو کسی طرح کا شک نہ ہو یا یہ نہ سوچے کہ خرگوش پلک جھپکتے کیسے واپس آسکتا ہے۔ یہ ثابت کرنے کے اس نے اتنی اونچی اور شاندار قلانچ ماری کہ خود بھیڑیا بھی عش عش کرنے لگا۔ اس نے دل میں سوچا، میرے پاس بھی کاش اتنے چست مددگار ہوتے۔

بھیڑیے کی مادہ کا دل تو نرم پڑ گیا۔ اور وہ خوشامد کرنے لگی۔

ذرا دیکھو تو.... ہائے کتنا چاہتا ہے خرگوش اپنی خرگوشنی کو

اب تو کوئی چارہ نہ تھا۔ بھیڑیے کو دو دن کے لیے خرگوش کو آزاد کرنا پڑا۔ اس شرط کے ساتھ کہ وہ وقت پر واپس آجائے گا۔ ضمانت کے طور پر خرگوشنی کے بھائی کو اس نے روک لیا۔

آج سے ٹھیک دو دن کے بعد اگر صبح چھ بجے تم واپس نہیں آئے، بھیڑیا بولا، تو تمہارے بدلے، میں اسے کھا جاؤں گا۔ اور اگر واپس آگئے تو ہو سکتا ہے... آہا ہا۔ میں اب تمہاری جان ہی بخش دوں۔

اتنا سنتے ہی خرگوش کمان سے نکلے تیر کی طرح بھاگا۔ اتنا تیز دوڑا کہ زمین ہلنے لگی۔ اگر راستے میں کوئی پہاڑ آیا تو اسے ایک قلانچ میں پار کیا ندی آئی تو سنبھل کر دوڑنے کے بجائے چھلانگ لگا دی۔ دلدل آئی تو

پانچویں ٹیلے سے دسویں ٹیلے پر کود گیا۔ کوئی مذاق تو نہیں تھا۔ اتنے کم وقت میں اتنا دور پہنچنا۔ پھر نہانا دھونا اور شادی کرنا۔ (شادی تو ضرور کروں گا۔ اسی وقت اس نے دل میں طے کر لیا۔) پھر واپس بھی تو آنا تھا کیوں کہ بھیڑیا اسے کھانے والا تھا۔

وہ اتنا تیز دوڑا کہ چڑیاں بھی ہکا بکا رہ گئیں۔ بولیں: "ہم نے ماسکو کے اخباروں میں پڑھا تھا کہ خرگوش کے اندر روح نہیں بھاپ بھری ہوتی ہے۔ آج یقین ہو گیا۔ دیکھو تو کیسا ہوا میں اڑا چلا جا رہا ہے۔" آخر کار وہ پہنچ ہی گیا۔ کیسی خوشی تھی اس کو نہ تو قلم لکھ سکتا ہے اور نہ ہی زبان بیان کر سکتی ہے۔ بھوری خرگوشنی نے جیسے ہی اپنے پیارے کو دیکھا ساری بیماری بھول گئی۔

وہ پچھلے پنجوں کے بل کھڑی ہوئی، گلے میں ڈھولک لٹکائی اور گھوڑ سواروں جیسی ڈُلکی چال چلنے لگی۔ یہ اس نے اپنے منگیتر کے لیے تحفہ تیار کیا تھا۔ اس کی بیوہ ماں تو اتنی گھبرا گئی کہ اپنے حواس کھو بیٹھی۔ اس کی سمجھ میں ہی نہیں آرہا تھا کہ نئے نویلے داماد کو کہاں بٹھائے۔ کیا کھلائے۔ چاروں طرف سے خرگوشنیاں دوڑی دوڑی آئیں۔ خالائیں، پھوپھیاں، بہنیں وغیرہ دولہا کو بھی دیکھنا تھا۔ اور یہ امید بھی تھی کہ تر مال کھانے کو ملے گا۔

"مجھے ابھی نہانا ہے اور فوراً ہی شادی کرنا ہے۔"

"اب اتنی جلدی بھی کیا۔" خرگوشنی کی ماں نے اس سے مذاق کیا۔

مجھے واپس جانا ہے۔ صرف ایک دن کے لیے بھیڑیے نے چھوڑا ہے۔

پھر اس نے سارا قصہ بتایا۔ بتاتا جا رہا تھا اور گرم گرم آنسو بہتے جا رہے تھے۔ واپس جانے کو تو بالکل دل نہیں ہو رہا تھا۔ لیکن واپس نہ جانا بھی

ممکن نہیں تھا۔ وعدہ جو کیا تھا اس نے۔ اور خرگوش کو اپنے وعدے کا بڑا پاس ہوتا ہے۔ خالائیں۔ پھوپھیاں، اور بہنیں بھی ایک آواز میں بولیں۔ ہاں۔ خرگوش تم ٹھیک ہی کہتے ہو۔ وعدہ نہ کرو تو اچھا ہے۔ پر وعدہ کرو تو پورا کرو۔ ہم خرگوشوں کی پوری نسل میں آج تک کوئی واقعہ ایسا نہیں ہوا ہے کہ کسی خرگوش نے وعدہ خلافی کی ہو۔

صبح ہوتے ہوتے تک خرگوش کی شادی کر دی گئی اور شام کے وقت وہ وہاں سے چل دیا۔ چلنے سے پہلے اپنی بیوی خرگوشنی سے بولا۔ دیکھو بھیڑیا تو مجھے ضرور کھا جائے گا۔ مگر تم میری وفادار رہنا۔ جب بچے ہوں تو ان کی پرورش اچھی طرح کرنا۔ اچھا ہوگا اگر تم انھیں سرکس میں دے دو۔ وہاں انھیں نہ صرف ڈھولک بجانا سکھایا جائے گا۔ بلکہ توپ چلانا بھی۔

اب ادھر کا حال سنیے۔ جب یہ سب ہو رہا تھا اور خرگوش اپنی شادی رچا رہا تھا تو ان راستوں پر جو بھیڑیے کے بھٹ کے بیچ میں تھے بڑی آفتیں نازل ہوئیں۔ ایک جگہ موسلا دھار بارش ہوئی۔ اور وہ ندی جسے ایک دن پہلے خرگوش نے ہنستے کھیلتے پار کر لیا تھا۔ باڑھ آجانے کی وجہ سے بہت بڑھ گئی۔ دوسری جگہ پر اندرون نامی بادشاہ نے کروِلی نامی بادشاہ سے جنگ کا اعلان کر دیا۔ لڑائی اسی راستے پر چھڑ گئی۔ جہاں سے خرگوش کو گذرنا تھا۔ تیسری جگہ ہیضہ پھیل گیا۔ جس سے بچنے کے لیے اسے میلوں لمبا چکر کاٹنا پڑا۔

خرگوش بہت عقل مند تھا۔ اس نے پہلے سے ہی سب باتیں دماغ میں رکھی تھیں۔ اس طرح حساب لگایا تھا کہ تین گھنٹے فالتو ہوتے تھے۔ مگر ایک رکاوٹ کے بعد دوسری رکاوٹ آنے لگی۔ تو ڈر کے

مارے اس کا دل کانپ اٹھا۔ شام ہوئی وہ دوڑتا رہا۔۔۔ آدھی رات ہوئی پھر بھی وہ دوڑتا رہا۔ اس کے پیر من من بھر کے ہوگئے، پیٹ کے دونوں طرف کے بال کانٹے دار جھاڑیوں کے لگنے کی وجہ سے الجھ کر گچھے بن گئے۔ آنکھوں کے سامنے اندھیرا چھا رہا تھا۔۔۔ منھ سے جھاگ نکلنے لگا پھر بھی راستہ بہت باقی تھا۔ وہاں اس کا دوست اس کی ضمانت پر تھا ابھی زندہ تھا۔ بھیڑیے کے یہاں وہ پہرے داری کر رہا ہوگا۔ اور سوچ رہا ہوگا۔ کہ کچھ گھنٹے کے بعد اس کا پیارا بہنوئی آجائے گا اور اس کی جان بچا لے گا۔ جیسے ہی یہ خیال آتا وہ اور تیز دوڑنے لگتا۔ نہ پہاڑ، نہ میدان، نہ جنگل نہ دلدل کسی سے وہ نہیں ڈرا۔ کتنی بار اس کا دل حلق میں آیا۔ مگر اس نے دل پر بھی قابو کر لیا تا کہ فضول کے خیالات اسے اپنے خاص مقصد سے نہ ہٹا دیں۔ نہ افسوس کرنے کا وقت تھا۔ اور نہ آنسو بہلانے کا۔ فکر تھی تو بس ایک دوست کو بھیڑیے کے چنگل سے آزاد کرانے کی۔

پھر سورج ڈوبنے لگا۔ الو، ہُد ہُد، چمگادڑ رات کی تیاری کرنے لگے۔ ہوا میں خنکی آگئی۔ اور چاروں طرف موت جیسی خاموشی چھا گئی خرگوش برابر دوڑے جا رہا تھا۔ اور سوچتا جا رہا تھا کہ کیا میں اپنے دوست کی جان نہیں بچا پاؤں گا۔ پھر پورب کی طرف روشنی ہونے لگی۔ پہلے دور افق میں ہلکی سی لالی چھائی اور پھر اور۔ اور۔ اچانک شعلہ بھڑک اٹھا۔ گھاس پر پڑی شبنم خشک ہوگئی۔ دن کے پنچھی جاگ اٹھے۔ چیونٹیاں، کیڑے مکوڑے رینگنے لگے۔ کہیں پر دھواں اٹھنے لگا۔ سرسوں اور جَو کے کھیتوں میں سرسراہٹ سنائی دینے لگی۔ جو دھیرے دھیرے تیز ہو رہی تھی۔ لیکن خرگوش نہ کچھ دیکھ رہا تھا نہ سن رہا تھا۔ بس یہی بڑبڑائے جا رہا تھا

ہائے میں نے اپنے دوست کی جان لے لی۔۔۔ مار ڈالا اسے۔

آخر میں پہاڑ آیا۔ اسی پہاڑ کے پیچھے ہی تو ڈل ڈل ہے۔ جہاں بھیڑیے کا بھٹ ہے۔۔۔ "ہائے خرگوش تونے دیر کردی"۔ اس نے اپنی آخری طاقت جمع کی تاکہ وہ پہاڑ کی چوٹی پر پہنچ سکے۔۔۔۔ ایک چھلانگ۔۔ اور وہ پہنچ ہی گیا۔ مگر اب دوڑنے کی طاقت نہیں۔۔۔۔ اور وہ بے بسی سے گر پڑا۔ کیا واقعی وہ اب آگے نہیں دوڑ سکے گا۔

بھیڑیے کا بھٹ سامنے ہے۔ بالکل سامنے۔ پھر کہیں دور گھڑی نے چھ گھنٹے بجائے۔ اور گھنٹے کی ہر چوٹ خرگوش کو اپنے خستہ حال دل پر پڑتی تھی۔ آخری گھنٹہ پر بھیڑیا اپنے بھٹ سے اٹھا۔ انگڑائی لی۔ اور خوش ہو کر دم ہلائی۔ پھر وہ ضمانت میں کھڑے خرگوش کے پاس آیا۔ اس کو پنجوں میں اٹھایا۔ اور اپنے ناخون اس کے پیٹ میں گاڑنے لگا تاکہ اس کے دو ٹکڑے کردے۔ ایک اپنے لیے اور دوسرا اپنی مادہ کے لیے۔ ان کے بچے اپنے ماں باپ کے چاروں طرف بیٹھ گئے۔ اور وہ بھی اپنے دانت گاڑنے لگے یہ سیکھنے کے لیے کہ شکار کس طرح کھایا جاتا ہے۔

"میں یہاں ہوں، میں یہاں ہوں۔۔ خرگوش اتنی زور سے چلایا جیسے ہزاروں خرگوش ایک ساتھ چلائے ہوں۔ پھر ایک جھٹکے کے ساتھ پہاڑ سے لڑھکتا ہوا ڈل ڈل میں آگرا۔

بھیڑیا بھی اس کا لوہا مان گیا۔

"جی مان گیا" وہ بولا۔ خرگوش کا اعتبار کیا جا سکتا ہے۔ سنو! میرا فیصلہ۔ تم دونوں اسی جھاڑی کے نیچے کچھ وقت تک بیٹھے رہو۔ ادھر میں۔۔۔ ہاہاہا۔۔۔۔ جان بخش دوں گا۔

(ختم شد)